徳間文庫

大江戸落語百景

たぬき芸者

風野真知雄

徳間書店

目次

第一席　素人包丁

一

「若旦那。退屈そうな顔してどうしたんです？」

「やあ、若女将《おかみ》。そうなんだ、じっさい退屈なんだよ」

若旦那はそう言って、若女将のいる帳場にぺたりと座った。よほど通い慣れた常連でないと、こんなことはできない。

ここは日本橋按針町《にほんばしあんじんちょう》にある料亭〈たかはま〉である。魚河岸《うおがし》がすぐ近所というのもあって、うまい魚料理を出すことでも知られた。

「いいですね。退屈でいられるのはお金持ちの証拠。あたしらなんか、貧乏暇《ひま》なしってやつで、退屈なんてうらやましい限りですよ」

「そんなことないよ。退屈ってのは、けっこう悪いやまいだぜ」

若旦那は大真面目《おおまじめ》な顔で言った。

「退屈ってやまいなんですか？」

「ああ。退屈を三年やったら、生きる力がずいぶん失われてしまうよ」

「そりゃ大変ですね」

「だから、早く夢中になれるものを見つけなくちゃならないんだよ。なんかないものかなあ」

「なんだっていいじゃないですか」

「それがさ。おれみたいな男を夢中にさせるものってそうないんだよ」

「花魁《おいらん》は飽《あ》きちゃったんですよね」

「飽きたよ」

そう言って、若旦那はうんざりした顔をした。

「十二のときから吉原《よしわら》に通っていたら飽きますよね」

「十一のときからだよ。九九は花魁に習ったんだから」

「囲碁や将棋はどうです？　花札、サイコロとかもありますよ」

「おれは勝負ごとって夢中になれないんだよ。なんせ、生まれたときから勝っちゃってるだろ？」

「どういう意味です？」

「だって、生まれたときから器量はいいし、家は金持ちだし、頭はいいし、三味線《しゃみせん》弾けば芸者顔負けだし、舟をこがせりゃ船頭よりうまいし」

若旦那はしれっとした顔で言った。

「自分で言いますかね。でも、まあ、若旦那はそうですね」

「だから、最初から勝ってると、勝ちたいなんて気持ちはなくなるんだよ。勝ち負けに関係ないものがいいんだ」

「なるほど、そういうものかもしれませんね」

「あんまり人がやらないものがいいなあ」

「人がやらない？」

「うん。それで、人が迷惑するものがいいな。他人に喜ばれるってのは、どうも嫌なんだよ。若旦那、勘弁してくださいよって、そういうものに凝《こ》りたいよ。おれはいま、これに凝ってるって言うと、皆、ぎょっとするようなもの」

「若旦那って、勝ちつづけてきたわりにはひねくれてますね？」

「そうなんだよ。自分でもときどき思うんだよ。人間として、意外にいちばん大事なところが欠けてるのかもしれないって」

「あたしもそう思います」

若女将は大きくうなずいた。たしかにこの若旦那はいろいろ恵まれてはいるが、なにか大きなものが足りない感じがする。

「鍼《はり》に凝ったときは面白かったな」

「そういえば、凝ってましたね」

「ああ。幇間《ほうかん》の一八《いっぱち》の腹にぶすぶす打ってやったよ」

「一八さん。かわいそう」

「かわいそうなもんか。あれから、あいつ、腹に鍼打つのが癖になったみたいで、ときどき打ってくれって来てたんだぜ」

「そうなんですか」

「でも、もう、鍼も飽きちゃったしな」

「お灸《きゅう》は？」

「同じようなもんだろ。一八の腹のうえで火をつけておしまいって寸法だ」

「ぷっ。一八さんは若旦那の試され役ですね」

かわいそうなどと言いながら、若女将はつい噴き出した。

「裸踊りでもやろうかな」

「裸で踊るんですか？」

「そう、素っ裸で、お座敷だの花見の席だので踊るの。お葬式とか祝言《しゅうげん》の席でもいいかな。嫌がるぞ、皆」

「そりゃ嫌がりもするけど、町方の同心さまに捕まりますよ」

「捕まっちゃしょうがないよな。あ、変な生きものを飼うってのはどうかな？」

「たとえば？」

「どぶねずみとか」

「やぁだ」

「ヘビもいいな」

「でも、ヘビとかトカゲなんか飼ってる人、けっこういますよ」

「そうか。けっこういるのはつまんないな。じゃあ、クマなんかどうだ？　あんまり飼ってるやつはいないだろう」

「そりゃいませんけどね。捕まえてくるんですか？」

「どこかで売ってないよな？」

「売ってませんよ。山奥に行って、生け捕りにしてこないと」

「無理だよな」

頭を抱えていると、調理場から女中が煮立った鍋を運んでいこうとしている。

「いい匂いだ。フグ鍋か」

そのようすをじっと見ていた若旦那が、

「フグ鍋！　うん。それだ」

ぽんと手を叩《たた》いた。

「それだって、なんですか？」

「フグはさんざん食った。今度は食わせる側に回りたい」

二

　この店の板前から前かけを借り、腰にきりりと巻いて、さらにたすきがけになると、もともと容子《ようす》のいい若旦那だけになかなかさまになる。

　ただし、包丁なんかほとんど握ったこともないくせに、フグをさばきたいなどと言い出したのだから、板前は猛反対した。

「フグをやりたい？　馬鹿言っちゃいけませんよ、若旦那。そりゃあ、十年、修業したあとの話だ。最初はアジの開き。それから始めましょう」

「アジの開き？　嫌だよ。そんなものうまくできるようになったって、面白くもなんともない」

「なんです、面白くないってえのは？」

「アジの開きなんか失敗したって、せいぜい小骨が喉《のど》に刺さって咳《せ》き込む程度のものだろ。フグを失敗すると、人が死んじゃうからね」

「なんですって。若旦那は、人を死なせたいんですか！」

「そうじゃないよ。失敗したら死ぬよなと思いながらやるから、緊張感も味わえるんじゃないか」

「そんなんじゃ駄目」

板前は怒って言った。

この板前は、なんでも二宮金次郎《にのみやきんじろう》の遠縁にあたるそうで、自分でも自慢するくらい生真面目な男である。

「頼むよ、板さん。おれはお得意さんだぜ」

「そりゃそうですが、これは駄目」

板前がきっぱり断わると、

「ねえ、ねえ、板さん。ちょいと、ちょいと」

若女将が板前を呼んで耳打ちした。

すると板前はうなずき、

「じゃあ、若旦那、約束してくださいよ」

「なにをだい？」

「うち以外じゃぜったいフグの調理はやめてくださいよ」

「わかった。約束するよ」

「破ったら、若旦那には悪いが、奉行所に訴えて出ますぜ。なにせ、人命にかかわることですのでね」

「厳しいね。うん、ほかじゃやらないよ」

「では、若女将、フグを二匹、用意してもらえますか？」

「あいよ」

若女将は調理場の隅にある水槽から、大きなフグを二匹、持って来て、まな板の上に置いた。

「若旦那のために、特別、上等なフグを使います」

「そいつは嬉《うれ》しいね」

「そのかわり毒もとびきりですからね。ちょっと包丁で指の先を切ったりするだけで、毒が回りますから、気をつけてくださいよ」

「げっ。そりゃあすごいね」

「それくらい、フグの毒ってのはすごいんです。毒が回ったら、血はげぼげぼと吐《は》き放題、風呂桶いっぱい吐いたってやつもいますから」

「ほんとかよ」

じっさいは嘘である。フグの毒というのは傷からはそれほど回らず、ましてや吐血などすることはない。だが、若旦那の顔面は引きつった。

「しかも、息ができなくて苦しいから、顔がこんなにふくれあがります」

「フグだね」

「ええ。だから、フグで死なれると、家族はみんな言いますね、うちのはこんなに丸顔じゃなかったって」

「ひぇえ」

「では、始めます。まず、あっしが手本を見せますから、よく見て、覚えてくださいよ」

「わかったよ」

「これは修業ですから、わざとゆっくりなんかやりませんぜ」

「ああ、しっかり見ているよ」

若旦那は、板前の手先を凝視《ぎょうし》した。

板前の包丁が動き出すと、その速いこと、目まぐるしいこと。

「はい、はい、はい、はい……こうやって皮を剝《は》いで、これが内臓、これがうまいけど毒がある胆《きも》。血も毒ですからね、よぉく洗いますよ……はい、はい、はい、はい……皮も食べますが、今日は身のとこだけでね……はい、はい、はい、終わり」

「速いねえ」

「当たり前ですよ。のそのそやっていたら、爪のすきまから毒が入り込んできますから。さあ、やってください」

「そんなに言われると、緊張するね」

包丁の先がぷるぷると震えている。

「あ、若旦那、震えてません？」

「震えるよ、そりゃ。あんだけ脅《おど》されたら」

「あ、ああ、切腹じゃないんだから、そんなに腹を真ん中から切り裂いて」

「ちょっと切るつもりだったんだけど。あっ、いけねえ」

「うわぁ。内臓、傷つけちゃった。毒がどばどば出てますよ」

「毒は空気感染なんかしないよな？」

「それはないですけどね。あ、そこは残しちゃ駄目。ていねいに切り落として……そうそう、そうやって刺身にしていきましょう」

「いいねえ、フグ刺。薄づくりてえやつ。皿の模様が透けるくらいにね。つうぃーっと。ああ、駄目だ。薄く切るのは大変だ」

と、切った刺身を明かりに透かすようにした。

「いや、素人《しろうと》がはじめてやったわりにはてえしたもんだ。そうそう、そんなふうに丸く並べて。それで、そっちは鍋にしましょう」

「胆も少しだけなら」

「胆は駄目」

「うまいんだけどなあ」

「それで、いちおう完成ってことで」

「おう、やったねえ」

若旦那は満足げである。

「誰かに食べさせようなんて思っちゃ駄目ですよ」

「駄目かい？　いいだろ？」

「いや。いけません」

「せっかくつくったのに、食べさせられないってのはないよ。フグだってかわいそうだ。なんのために切り刻まれたかわからないだろ」

「自分で召し上がればいいじゃないですか」

「おれは嫌だよ」

怯《おび》えた顔で言った。

「どうして？」

「まだ、死にたくないもの」

「じゃあ、他人に食べさせちゃいけませんよ」

「でも、死んだっていいようなやつだったら？」

「そんな人、いるんですか？」

「いるよ。幇間の一八」

「あ、あれね。そりゃあ、あいつが死んでも困るやつはいませんがね」

「だろ。世の中で、なにがいらないって、あいつの命くらいいらないものはないよ」

「それでも、駄目。枯れ木も山の賑《にぎ》わいって言葉があるでしょ。あんなやつでも死なせちゃったらいけません」

「死ぬかなあ」

「フグは死にますよ」

「あいつは大丈夫だよ」

「そんなに言うなら、じゃあ、ほんとに一八だけですよ」

板前が若旦那の熱意に折れた。

三

ちょうどそのころ――。

日本橋に近い、とある芸者の置屋では、幇間の一八がなにやらぶつぶつ独り言をつぶやいていた。

「ああ、最近、めっきり仕事が減ったなあ。世の中、不景気なのかな。この半月、一度もお呼びがかからないよ。

でも、忙しい幇間もいるんだよ。ぴん吉《きち》だの、ぴん蔵《ぞう》だのは、忙しい、忙しいと、いつも走りまわってるもの。売れっ子てえやつだ。

なにが悪いんだろうな、あたしは？　そういえば、一八、お前は客をあんまり褒《ほ》めないなって言われたことがある。たしかに、あまり褒めないかもしれない。だって、やたらと褒めるのはその人にとってもよくないからね。図に乗るし、自分を誤解してしまうし。その人のためを思ったら、あまり褒めないのが幇間のやさしさというものでしょう。

一八、お前は褒め言葉に語彙《ごい》が少なすぎるとも言われるな。お前の褒め言葉は『よっ』だけかって。よっ、大将。よっ、斎藤さま。よっ、鈴木さま。よっ、若旦那……ほんとだ。『よっ』だけだよ。

でも、同じ『よっ』でも、使い方にいろいろ違いはあるんだけどね。尊敬のこもった『よぅ、よぅ、よぅ』ってのもあれば、親しみの感じが強い『よおっ』ってのもあるし、軽い挨拶《あいさつ》がわりの『よ』もあるよ。

でも、素人にこの区別はつかないか。ふぅ。まずいな、これも。

芸がなさすぎとも言われるね。そうかな。猫の鳴き真似《まね》もやれるし、逆立ちして酒飲むのもうまいし。そういえば、酒の席で逆立ち見せられて、なにが面白いって怒られたこともあるよな。頑張って、芸を増やすか。

うーん。来ないかな、お呼びが」

「ちょいと、一八さーん」

「なんですか？」

「お呼びだよ、あんたを名指しで」

「お、来たよ。待てば海路《かいろ》の日和《ひより》ありってね。

え、なんですって？　あたしのお得意さまの若旦那が呼んでる？

あの若旦那？　嫌だよ。勘弁してよ。あの若旦那だけは断わるよ。なにされるかわかんないんだもの。

あの若旦那に呼ばれるくらいなら、まだ、ヤクザの出陣式に呼ばれたいくらいだよ。断わって……あ、ちょっと待って。あの若旦那を断わったら、次の仕事がいつになるかわからないよな。

まいったなあ。御祝儀は悪くないんだよ。気前はいいんだ、あの若旦那は。ただ、ときどき変なものに凝るんだよ。あれさえなきゃいい人なんだがな。

このあいだは腹に鍼、刺されたし。刺すかね、人間の腹に鍼を。また、刺されるんじゃないだろうね？

行きますよ、行きます。行けばいいんでしょ。おまんまのためだもの。しょうがないよ、多少の痛みには我慢しないと。でも、また、鍼打たれるのはつらいよ。あのあとも我慢して三、四回打たせたんだけど、腹が痣《あざ》で真っ黒になって。芸者衆からは一八さんてやっぱり腹が黒かったねとか言われたし。

また、打たれないように、なんか防御してから行かないとな……」

四

一八は若旦那が待っている料亭〈たかはま〉の二階に上がった。

手を一つ、ぽんと叩き、人差し指を空に向けるような妙な恰好《かっこう》をしながら、

「よっ、若旦那」

満面の笑みを浮かべて言った。

この笑みだけは評判がいい。憎めないやつだなと思わせるらしい。一つくらい幇間らしいところがなければ、花柳界に出入りすらさせてもらえない。

「おう、一八、来たか」

「よっ」

「お前、『よっ』のほか、なんか言うことないの？」

「そうなんですよ。よくよく考えると、あたしはこれしかないんですよ。『よっ』だけで飯を食ってきた幇間てえの、あたしくらいなもんでしょうね」

「自慢するなよ。でも、いまさら芸を肥やせと言っても無理だしな」

「そんなことはありませんよ。猫の鳴き真似に、犬の鳴き真似でも加えましょうか？」

「馬鹿。犬の鳴き真似なんざ、二歳の子どもだってできるよ」

「二歳の子どもじゃ、せいぜい仔犬の鳴き真似くらいしかできませんよ。あたしのは、盛りがついたもてない牡犬《おすいぬ》の真似」

「聞きたくないよ、そんなもの」

「じゃあ、無理だ」

「いいよ、お前に芸なんか期待していないから。まあ、一杯やんなよ」

「ありがたいですな」

盃に注《つ》いでもらったやつを、ひょいと飲み干すと、

「あたしはやっぱり、こちらでいただきます」

茶碗酒に替えた。

これもきゅうっと一息に飲み干した。

「いいですねえ。目の前の火鉢では、鍋もことこと煮立っている。この音が冬の音なんですよ。心がなごみますね。大皿には刺身。冬の刺身ってえのが、身が締まってるからうまいんですよ。刺身のつまの大根までも、白くてしゃきっとして、いやはやなんとも豪勢ですなあ」

「ああ、刺身、食べなよ」

「よっ。この白身の魚の刺身のうまそうなこと。いいんですか、いただいて」

「もちろんだよ。お前に食べさせようと思って準備してたんだから」

「ありがたいな、どうも。やっぱり、あたしのお得意さまは若旦那だけだよ。情けないけど」

「情けない？」

「いや、嬉しい。うん、うまい。タイでしょ。このしこしことした歯ざわりは」

「タイだと思うの？　あ、そう」

若旦那はにやりと嫌な笑いを浮かべた。

「違うんですか？」

「ま、いいや」

「この鍋もうまそうですね」

「ああ、たんと食べとくれ」

「ええ、では、遠慮なく」

一八はふうふう言いながら、いかにもうまそうに食べはじめた。

ひとしきり食べて、身体《からだ》が温まると、

「若旦那、最近はなんか凝ってるものはあるんですか？」

と、恐る恐る訊《き》いた。

「あるよ」

「若旦那が凝るってえと激しく凝るからなあ。まさか、また鍼に凝ってるなんてことはないでしょうね。嫌ですよ、あたしは。もう、絶対に打たせませんからね」

「鍼はやめたよ」

「そりゃあ、いいね。じゃあ、なんに凝ってるんです」

「化粧に凝ろうかとも思ったんだよ」

「化粧？　化粧って、まさか、白粉《おしろい》はたいたり、口紅塗ったりする化粧？　勘弁してくださいよ」

「気持ち悪いだろ。だから、やめたよ。裸踊りもやめた」

「ああ、それはいいことです」

「変な生きものを飼おうかなと思ったんだ。ネズミだの、ヘビだの、クマだの」

「それもやだなあ。クマなんか連れて来られたら嫌になっちゃいますよ」

「別にお前に嫌になられたっていいんだけど、ま、それもやめた」

「じゃあ、なにに凝ってるんです」

「料理だよ」

「料理！　けっこうじゃないですか。いいですねえ、料理」

「そんなにいいかい？」

「いいですよ。だいたい、料理ってえと、女がするものと決めつけてるやからがいますが、それは大間違い」

「そうだよな」

「一流の料理人は皆、男でしょ。料理はそもそも男のものなんですよ」

「ま、一流にはなれないと思うがな」

「また、若旦那のことだから、道具なんかにも凝るんじゃないですか。包丁なんか、正宗《まさむね》だったり、虎徹《こてつ》だったり、北斎《ほくさい》だったりするんでしょ」

「なんだよ、北斎って。あれは浮世絵師だろうが」

一八は間違いなど指摘されてもしらばくれて、

「まな板も一流でしょ。桐《きり》の柾目《まさめ》のすーっと通った、きれいなまな板」

「桐なんて、あんな柔らかい木をまな板に使うかよ」

「じゃあ、金のまな板？」

「おれは、道具になんか凝ってないの」

「あら、そう？　じゃあ、なんに凝ってるの？　材料？」

「うん、材料といえば、材料だな。それも、手広くはやらないんだ。玉子焼いたり、芋を煮たりもしない」

「なに、魚さばいたり？」

「うん。そう。だが、魚もサバだの、サンマだのはやらない」

「おや、じゃあ、なに、メダカとか、シラウオとか？」

「そんな小さい魚をさばくかよ。いま、お前が食べてるやつだよ。それは、おれがこの手でさばいたやつだよ」

「おや、タイをさばいたんですか？　タイ変だったでしょう」

「馬鹿。くだらない洒落《しゃれ》言ってんじゃないよ。それ、タイじゃないよ」

「え、タイじゃないんですか？」

「やだねえ、貧乏な幇間は。タイの味もわからなくなってきたのかよ」

「白身ですよね」

「そうだよ。いるだろ、ほら。怒るとぷうってふくれたりするやつ」

「怒るとふくれる？」

「ああ。ふくれても、女とちがってかわいいよ」

「…………」

一八は気味悪そうに皿の上の魚を見ていたが、

「まさか、フグ、じゃ、ない、です、よね」

ゆっくりと、ひとことずつ区切るように訊いた。

「当たった」

「当たったって、フグはあたりますよ」

「あっはっは、洒落かい」

「笑ってる場合じゃないですよ。げっ。あんなもの、素人がさばける魚じゃないですよ」

「わかってるよ。だから、ここの板さんにちゃんと習ったんだよ」

「習ったって、若旦那は人の言うことをちゃんと聞かない性質《たち》じゃないですか」

「お前、なんでおれの性格知ってんの？」

「知ってますよ。ああ、勘弁してくださいよ」

一八は胸のあたりをかきむしるようにした。顔色は悪くなっている。

「遅いよ。あらかた食っちゃったじゃないか」

「若旦那も食べてくださいよ」

「もう、ないよ」

「いま、おじやにしますから。汁、ぜんぶ飲んでくださいよ」

「嫌だよ」

「嫌だよって、どうしてですか」

「おれはまだ、自分の腕に自信ないもの」

「自信のないものをどうして他人に食わせるんですか？」

「おれだって、お前にしか食べさせないよ」

「あたししかですか？」

「大事な命を持っているやつには食べさせない。命知らずのお前だけ」

「命、知ってますよ。勝手に命知らずになんかしないでくださいよ。なんだい、この人殺し！」

「なんだよ。お前、いつも、若旦那のためなら命もいらないって言ってるだろうが」

「若旦那のなさる善行のためなら命もいらないって意味ですよ」

「おれが善行なんてするわけないだろうよ」

「あ、なんかしびれてきた」

「ほんとか」

　若旦那もさすがに不安そうな表情になった。

「このへんから、このへんにかけて」

と、太股《ふともも》からつま先までを叩いた。

嘘《うそ》ではないらしく、必死で足をこすりはじめている。

「そりゃまずいな。おれは帰る」

若旦那は慌《あわ》てて、逃げるように階段を下りて行った。

「あ、帰っちゃった」

一八が止める暇もない。

入れ替わりでここの若女将が上がってきた。

「一八さん。若旦那が飛んで帰って行ったよ」

「おーい、おいおい。あたしはこれで一巻の終わりですよ。若旦那がさばいたフグを食わされましてね。案の定、毒にあたって足もしびれてきました。そうだ、穴掘って首まで埋まるといいって聞いたよな。若女将、早く穴掘ってくれませんか」

「大丈夫だよ、一八さん」

「大丈夫じゃありませんよ」

「よく聞きなよ。あの若旦那にうちでフグなんか料理させるわけないじゃないか。あの人は、それはいろいろ恵まれているところはあるけれど、ものを見る目がない人で、イカとタコの区別もつかない人なんだよ」

「え、違うの？　これ、フグじゃないの？」

「違うよ。太めのタラを料理させてたんだよ」

「なんだ、そうか。ああ、助かった」

「そんなに慌てふためいて」

と、若女将は面白そうに笑った。

「でも、なんでこんなに足がしびれてるんだろう？」

「どぉれ？　一八さん、あんた、腹のあたりがおかしなかたちになっているけど、なんか巻いてきたんだろ。血のめぐりが悪いとしびれるよ」

一八は自分の腹のあたりを撫《な》でまわすと、

「あ、そうだ。また鍼を打たれないように、鉄の腹巻きしてきたんだ」

第二席　夏のこたつ

一

「あーあ、今日も寒いなあ。なに、この寒さ？　バチでも当たったみたいに寒いよなあ。あたし、なんか、悪いことしました？　だらしなく、適当に、なんの努力もなく生きてきたけど、悪いことってのはしてないつもりだよ。迷惑かけるのも自分だけ。毎日、お稲荷さんにも拝んでいるしね。また、天気ってえのは、まるでよいしょが通じないんだもんなあ……」

幇間《ほうかん》の一八は、日本橋に近い芸者置屋の炬燵《こたつ》にもぐり込んで、なにやらぶつぶつとつぶやいている。

「でも、寒いけど、寒いからこそ、この炬燵がいいんだよなあ。たいして寒くもない日は、炬燵もたいして好きではないんだよ。不思議だよなあ。寒いのは大嫌いだけど、寒いときの炬燵は大好きなんだ。だったら、寒いのが好きってことかというと、そんなことではないんだよなあ」

するとそこへ、顔なじみの芸者の蝶丸《ちょうまる》がやって来て、

「一八さん、なに、炬燵に入ってぶつぶつしゃべってんの？　そんなに独り占めするみたいに入ってないで、あたしも入れてよ」

「なんだよ。化粧だの着替えだのいろいろやることがあるでしょ？」

「まだ、いいの。入るわよ」

「ちょっ、ちょっ、ちょっと待って。布団を持ち上げないで。中に風が入るから」

「なに言ってんの。布団持ち上げなかったら、中に入れないでしょうが。男のくせにつまらないこと言わないの。ほおら、ほら」

蝶丸はわざと目一杯に持ち上げた。

「ああ、もう、勘弁してよ」

これだから若い芸者は嫌なのだ。乱暴だし、ふざけっぷりは度が過ぎているし。こ

れが年増の桃子姐《ももこねえ》さんあたりになると、すうっと品よく入ってくれる。人間も芸者もある程度、年季が入らないと駄目なのである。

「まったく情けないわね。それより、今日は大事なお座敷があるのを忘れてないでしょうね？」

蝶丸は、炬燵の上に顎を載せたままで訊《き》いた。

「大事なお座敷？」

「そうよ。あ、忘れてたでしょ」

「いや……」

ほんとは忘れていた。寒いと物忘れがひどくなる気がする。

「思い出しました。はい、〈大黒屋《だいこくや》〉さんのお座敷でしょ。いつも、あたしを贔屓《ひいき》にしてくれる若旦那のおとっつぁんですよ」

「そう。なんでも、大商《おおあきな》いがうまくいったお祝いらしいわよ。ここらの芸者衆も皆、呼んでくれたの。一八さんもついでにね」

「ついでかよ」

「どーんとお金を落としてくれるかもしれないんだから、しっかりやってよ、一八さん」

「やりますよ。若旦那も来るのかな？」

「来ないわよ。あの若旦那はおやじさんを煙たがっていて、酒席ではぜったいいっしょにならないもの」

「そうだねえ」

一八もそれは知っている。煙たがっているし、なんだかおやじの存在が大きすぎて、ひねくれてしまったみたいなのだ。

「それで、一八さん、なんの芸をやるの？」

「芸？」

「だって幇間でしょ？」

「あ、芸ね。そういえば、ここんとこやってないな」

「皆、言ってるよ。一八を座敷に呼んでも、よいしょするわけでもなければ、芸をするわけでもない。部屋の隅で、黙って酒飲んで肴《さかな》を食べてるだけ。先祖の悪い霊でも呼んだみたいだって」

「そう思ってくれたほうが、遠慮なく飲み食いできるってもんだよね」

「駄目だよ、一八さん。今日こそは、磨きに磨きあげた芸を見せなくちゃ」

蝶丸は親身な顔になって言った。

だが、それを言われるといちばんつらい。

「あんた、あたしにそんな芸がないのを知ってるでしょうが」

「そんなことないわ。一八さんだってほんとは凄《すご》い芸を隠してるはずだって期待してる人もいるのよ。桃子姐さんとか」

「ほんとかい？」

「意外に大きなガマを取り出して背中に乗るなんてことまでやっちゃうかもって」

「それじゃ幇間じゃないでしょう。妖術使いだよ、それは」

「でも、大黒屋の旦那は身体《からだ》を使った芸がお好きだから、身体の丈夫な一八さんならやれると思うわ」

「なんだい、その丈夫ならやれるって？」

「だって、前に若旦那から腹にぶすぶす鍼を刺されても生きてたんでしょ？」

「生きてるよ、それは」

「普通の人なら死んでるはずだって。しかも、若旦那が調理したフグも食べたんでしよ？」

「それが、じつはフグじゃなかったんだと」

「だいたいが、あの若旦那とずっと付き合っていられるだけでも丈夫なのよ。身体の弱い人なら、もうとっくに死んでるはず」

「そう言われてみると、そんな気がしてきた」

一八はうなずき、誇らしいような、情けないような、不思議な気分になった。

「どう、綱渡りは？　屋根から屋根に綱を張って、その上をかっぽれ踊りながら渡るの」

「やれるわけないでしょうが」

「玉乗りは？」

「やれない」

「象使いは？」

「象を呼んで来てよ。そうしたらやるから」

一八は怒ったように言った。本気なのか、からかっているのか、よくわからない。

「なんか、いいの、ないかなあ……あ、そうだ」

「なに？」

「行水の芸なんかいいんじゃないの？」

蝶丸はいい遊び相手を見つけたような顔で言った。

「行水の芸？」

「あたし、ぴん蔵さんがやったのを見たことあるよ。着物脱いで、盥《たらい》に入るの。背中しか見せないんだけど、凄く色っぽいんだよね」

「ああ、あれね。でも、あれは夏の芸だぞ」

「だから、いいんじゃないの。それで、ただ見るんじゃなく、その行水の芸を皆でのぞき見するという趣向にするの。ねえ、ねえ、女将《おかみ》さん、どう？　今日のお座敷で、一八さんに行水の芸をやってもらうのは？」

蝶丸がここの女将に訊くと、

「そりゃあ、あの旦那、ぜったい喜ぶよ。そういう肉体の苦痛に耐える芸というのがいちばん好きなんだから」

と、大賛成して、

「蝶丸ちゃん、料亭はどこ？」

「〈菊家《きくや》〉の月の間よ」

「あら、あそこだったら中庭に面してるから、そこに盥を置いたらぴったりだわよ。一八さん、それやってくれなかったら、もう日本橋界隈《かいわい》にはいられないって思ってね」

女将は明らかに恫喝《どうかつ》口調で言った。

二

一八は懐手《ふところで》にしたまま、背を丸めて、外の通りに出た。

風は身を切るほどに冷たい。

——まいったなあ。

ああまで言われたら、引き受けないわけにはいかない。それでなくても、いつ廃業になってもおかしくない、売れない幇間なのだ。

仕方がないから、夜のお座敷の前に稽古《けいこ》をしておこうかと、早めに料亭の菊家に入ることにした。

菊家は日本橋のすぐ近くにあって、黒板塀《くろいたべい》をめぐらした小粋《こいき》なたたずまいである。さほど大きくはないが、昔から大店《おおだな》の旦那衆に贔屓にされている店で、一八が入り込めているのは不思議だと、よく言われてきた。

「どうも、女将さん」

「あら、一八さん。あんた、今日は大黒屋さんのお座敷なんだって？」

「そうですよ」

「ま、お座敷といっても、おとなしく座って飲み食いしてるだけだものね」

と、女将は皮肉な笑みを浮かべた。

「それじゃ、食い逃げでしょうよ」

「あら、評判よ。一八の得意な芸は食い逃げだけだって」

皆がそう思っているのだ。この切ない気持ち、売れっ子の幇間たちにはわからないだろう。だからといって、頑張って芸を磨こうという気にはならない。この駄目さ加減が自分でも愛《いと》おしい。

「いや、今日はちゃんと芸をやりますよ」

「嘘《うそ》？」

「ほんとに。やらざるを得なくなったの。身体を張った芸を」

「かわいそう。でも、なに、身体を張った芸って？　牛に腹とか踏ませるの？」

「死にますよ」

「狼《おおかみ》と檻《おり》の中で戦う？」

「それじゃ食われちまうでしょうが。あたしは芸人なの。行水の芸をやります」

言っただけで、身体がぶるぶるっと震えた。

「行水の芸？　この寒いのに？」

「やりたくないですよ、あたしだって。でも、皆で寄ってたかって、あたしに強要するんですから」

涙が滲《にじ》んだ。たもとで目がしらを押さえる。

「泣かないの、一八。男でしょ。見事にやってのけなさい。どこでやるの？」

「月の間の前は中庭でしょ。そこでやって、それを旦那たちがのぞいて楽しむ趣向にするんだって」

「まあ、面白い」

「そりゃあ見るほうは面白いでしょうよ」

「じゃあ、盥を出してあげる。ちょいと、源《げん》さん。うちでいちばん大きな盥があったでしょ。あれを中庭に持ってきてあげて」

使用人の源兵衛が盥を持ってくると、その盥の大きなこと。

「こんな盥、なにするんですか？」

「生け簀《す》に使おうと思ってつくってもらったんだけど、大きすぎたのよ。まさか、こんなふうに役に立つとは思わなかった。水もたっぷり入るし、横にだってなれるわよ」

「なりませんよ」

源兵衛が井戸から汲《く》んだ水をどんどん入れてゆく。

「ねえ、女将さん。お湯を足しましょうよ」

「お湯は駄目よ。湯気が立つからばれてしまうもの」

「どれどれ、どんだけ冷たいの？」

一八はちょっとだけ、指を入れてみた。

「うわっ」

慌《あわ》てて取り出す。

「痛いよ、女将さん」

「あんまり冷たいと痛いらしいわね」

「まいったなあ、これは」

だんだん命の危険を覚えてきた。

「もちろん、女になりきって行水するんでしょ」

「そりゃ、まあ、芸だから」

「浴衣《ゆかた》貸してあげるね。柄は金魚がいい？」

「柄なんかどうだっていいですよ」

「じゃあ、本番を楽しみにしてるから、頑張って稽古してね」

菊家の女将も嬉《うれ》しそうにいなくなった。

一八はもう一度、指を盥につけ、

「駄目だよ。これはぜったい無理。あたし、死んじゃう。どうしよう？　誰か、代わりを捜さないと」

そうつぶやいて、代役のなり手を考えた。

「誰に頼めばいいんだ？　まともな幇間なら、こんなことはぜったいやらない。ちゃんとした芸で切り抜けることができるよな。芸なんかできないど素人《しろうと》？　でも、それじゃあ、芸者が行水する真似《まね》ができないんだ。やっぱり、遊び心を持ってる人じゃないと無理だろうな……」

そこまで考えて、一八はぽんと手を打った。

「素晴らしい人を忘れていた。大黒屋の若旦那。あの人はあたしに妙なことをやらしたがるけれど、あれはもともと自分がやってみたいんだよな。こういうくだらない芸とかだって、大好きなんだ」

そういえば、置屋の女将も言っていた。あの大旦那のほうも、肉体の苦痛に耐える芸がいちばん好きだと。

「親子だよな。そこいらの性癖はよく似てるんだよ。そうだ、若旦那を調子に乗せてやらせればいいんだ。あそこで後ろ向きでやれば、おやじさんもわからないし。よし、これしかない。行って来よう！」

一八は菊家を抜け出し、日本橋通二丁目の薪炭問屋《しんたんどんや》〈大黒屋〉へと向かった。

三

若旦那の甲之助《こうのすけ》の部屋は、二階の東南の角にある。冬はここに一日中籠《こ》もって過ごすのだ。

一八はしょっちゅう来ているので、番頭や手代に咎《とが》められることはない。

襖《ふすま》を開けて、ぽんと手を打ち、

「よっ、若旦那」

手首をくるりと回した。幇間独特のよいしょのしぐさである。

「あれ、なんだよ、一八じゃねえか」

案の定、みかんと煎餅《せんべい》を炬燵の上に置いて、黄表紙を広げている。

「いい若い者が炬燵になんか入り込んで、戯作《げさく》なんか読んでていいんですか?」

「この寒いのに出られるかよ」

「そんなに好きですか、炬燵が?」

そう言いながら一八も足を入れた。ふつうの炬燵より格段に暖かい。使っている炭の量が半端じゃないはずである。

「好きだよ。なんなら炬燵と所帯を持ちたいくらいさ」

「大旦那ががっかりしますよ。倅《せがれ》が炬燵と夫婦《めおと》になっちまったから、もう孫の顔は見られないって」

「ふん」

「また、大黒屋さんの商いが、薪炭の卸《おろし》ってのがなあ」

「いいだろ。炭やたどんは使い放題。しかもタダ」

「そうですよね。これがもし、ほかの問屋だったらどうでしょうね。蚊帳《かや》の問屋だったら駄目ですよ。冬でも炬燵はなしで、蚊帳にもぐり込んでなくちゃならないんだから。寒いから蚊帳を三張重ねて入ってようかってね。蚊帳なんか、何張重ねようが、暖かくはならないでしょう」

「お前もくだらない想像をするね？　それで、なに、炬燵に当たりに来たの？」

「違いますよ。じつは、耳よりの話を」

「なんか嫌な予感がするな。お前の耳よりの話って、たいがい耳にふたしたくなる話だろうが」

「今日のは違います。じつはいま、芸者衆のあいだで、若旦那のことが評判でしてね」

「おれのことが評判？」

若旦那は、疑わしげに一八を見た。

「でも、別に嬉しくもないですよね」

嬉しいでしょうと訊けば、嬉しくないと答えるのはわかっている。この若旦那は心のどこかが相当にいじけているのだ。

「いや、嬉しくないことはない」

「そうですか。とくにうちの桃子姐さんとか、蝶丸さんはもう大変ですよ」

「蝶丸はともかく、桃子といったら日本橋でもいちばんの売れっ子じゃないか」

「そうですよ」

「それで、おれのどこが評判なんだ？　顔のきれいなとこ？」

「いや、顔じゃないんです」

この若旦那、たしかにきれいな顔立ちなのである。

「声のよさ？」

「声でもありません」

若旦那は唄もうまい。

「芸者が喜ぶことってそれくらいだろうが。ほかにも算盤《そろばん》の達人だったり、株仲間にも顔が利いたりはするけど、芸者にはなんの関係もない」

「それがね、若旦那は洒落《しゃれ》がわかるって」

一八がそう言うと、若旦那の目がきらりと光った。喜ぶツボを間違いなく突いたのだ。

「そりゃあ、まあ、おれより洒落がわかる男はいないだろ」

若旦那は、開いていた黄表紙を閉じた。

「なんかくだらないことにも命を張るみたいな、そういう粋なところもあるって」

「そう。くだらないことに命を懸《か》ける。それこそが男の生き方だよな、おれに言わせれば」

みかんに手を伸ばして、皮をむきはじめた。

「やっぱりねえ。それでね、日本橋のある旦那が、冬の行水という芸が見たいとか言い出したんです」

「へえ、冬の行水。それは面白いね。何代か前の伝説の幇間・桜川《さくらがわ》ぴん右衛門《えもん》が、得意にしてたんだよな」

　みかんを口に入れながらうなずいた。

「面白いと思いますか」

「ああ、そういう身体を酷使するような芸は大好きだよ」

　この言葉には一八も思わず、

「ぷっ。似てるねえ」

　と、噴いた。

「なにが似てるんだよ」

「いや、別に。でも、そんな芸をする芸人なんか、いまの江戸中、どこを捜してもいないって言うんですよ」

「なに言ってるんだ。だったら、お前がやればいいだろうが」

「あたしはまずいんです。この前、医者に言われたんです。一八の身体は周りの気温といっしょになってしまうという特異体質だ。冷たいものに身体をつけると、ころっと眠り込んで、半年くらい冬眠状態になってしまうって」

「それじゃ、カエルだろうが」

「そうなんです。だから芸名もけろっ八にしようかと」

「くだらねえなあ。それにしても、その話は勿体《もったい》ないよ」

「でしょ？　すると、桃子姐さんや蝶丸さんが、大黒屋の若旦那だったらやるかもねと言い出したんです」

「おれが？」

若旦那はぎょっとした顔をした。

「若旦那は洒落がわかるからって」

「洒落ったって、寒いよ、いまは」

「なんか、くだらないことにも命を張るみたいな、粋なところもある」

「命は張るけど、肌は大事にしたい……」

「なんですか、さっき面白い、身体を酷使するような芸は大好きだとおっしゃったじゃありませんか？」

「だって、まさか、おれがやるとは思ってなかったから」

「ほかの芸者もこの考えに大喜びですよ。もう、若旦那ならやってくれる、あたしたちのためにも断わるわけがない、若旦那、若旦那の大合唱」

「ほんとかよ」

「それであたしがこうしてお願いに来たというわけで」

若旦那は顔をしかめて考え込んでいたが、ついに決意が固まったらしく、めずらしくきりっとした表情になって言った。

「まいったな。そこまで言われるんだったら、わかったよ、やるよ」

四

若旦那と一八は、芸の舞台となる菊家にやって来た。

道々、行水の芸の要諦について話しながら来たのだが、

「たいしたもんだね、若旦那は」

と、一八は感心してしまった。

若旦那は遊び慣れているだけあって、さすがに勘がいいのだ。芸の見せどころはちゃんとわかっている。

「皆がのぞく穴はそっちだな。よし、顔は見せないように気をつけるよ。そりゃあ、見せないほうがいいに決まってるよ。夏の昼下がりって設定だよな。芸者の桃子が行水を始めようとしているんだ。桃子は昨晩、好きな若旦那との逢瀬《おうせ》を楽しんだ。今日はけだるい余韻《よいん》が身体に残っている……演じるのはそんなとこかな」

「よっ。素人にしておくのは惜しいね、若旦那」

「おめえは縁の下にでもひそんで、おかしいことがあったら、小声で言ってくれよ」

「わかりました。じゃあ、あたしは、とりあえず宴会のほうに出てますので」

「ああ、おれは適当に稽古したら、あとはお前の合図を待ってるぜ」

というわけで、二人は別々に本番のときを待つことになった。

大黒屋のあるじの宴《うたげ》も和気あいあいで進んだ。

なんせ大黒屋の薪炭を大奥におさめることになり、ますますの繁盛《はんじょう》が約束されたので、旦那の機嫌も悪かろうはずがない。おなじみの芸者衆を総動員させての大盤ぶるまいである。

「ああ、酔った、酔った。今日は気持ちのいい酒だな」

いい顔色になった旦那が言った。頭もすこしゆらゆら揺れている。

芸者の桃子が、三味線《しゃみせん》を低く奏でながら言った。

「ねえ、大旦那さま」

「なんだい、桃子？」

「若旦那もたまにはごいっしょに顔を見せればいいのに」

「甲之助が？　あれは来ないよ。あれは、いまごろ炬燵に入ってぶるぶる震えているだけさ。情けないよね、若い男のくせに。あたしなんか、若いときといったら、冬だといえば大川《おおかわ》で水泳ぎだよ」

「寒いのに泳ぐんですか？」

「あんな楽しいものはないよ。あれも、それくらいのことをやってくれたら、あたしも安心するんだが、なにせあの覇気のなさといったら」

「そうですかねえ」

「あんな倅のことより、ここらでなんか面白い芸が見たいよな。大笑いできるような。さっき一八がいただろ？」

「はい。一八さんは旦那のために取っておきの芸を披露するんだって、張り切ってましたよ」

と、桃子は廊下のほうに目配せした。若い芸者がそっと中庭へ合図をしに行った。例の芸を始めてくれというのである。

このころまでには、芸をするのがじつは一八ではなく、大黒屋の若旦那であることは知れ渡っている。知らないのは、大黒屋の大旦那だけ。一方の若旦那も、客がおやじだということは知らない。

「一八が取っておきの芸だって。あいつにそんなものがあったかい。せいぜい早食いくらいだろ」

「いいえ。一八さんはこの寒いのに、身体を張って、なんと行水の芸を見せてくれるんですよ」

「行水？　ここで？」

「いいえ、その中庭で」

「外でやるのか。そりゃあ寒いだろう」

旦那もつい、心配するようなことを言った。

「芸のためなら命も要らないって」

「ほんとか、おい」

「さあ、その穴からのぞいてくださいな」

「ここからのぞくのかい？　いい趣向だね。どれどれ」

大黒屋の旦那もこんな趣向は初めてらしく、大喜びで穴に目をくっつけている。

「来たよ、来たよ。金魚の柄の浴衣を着て、なんだか歩き方が桃子に似てるぜ。ほら、内股でちょこちょこ歩く感じが」

「旦那、あたしにも見せてくださいな。あら、ほんと」

「ほら、桃子、代わって」

旦那は桃子を押しのけてのぞき込む。

「もう、あたしも障子に穴を開けちゃいますよ」

桃子が穴を開けると、ほかの芸者や女将までもが障子に穴を。

とうとう十を超す数の穴に、大黒屋の大旦那と芸者衆がずらりと顔をつけて並んでしまった。

×　　×　　×

盥の前にやって来た若旦那は、浴衣の帯を解いて、はらりと落とした。

それから肩からゆっくりと浴衣を外し、これはすうっと下に落とした。一糸まとわぬ後ろ姿である。

「若旦那、いいですよ。じつに色っぽいよ」

縁の下にひそんだ一八が、若旦那に声をかける。

× × ×

その色っぽいしぐさに、大旦那や芸者衆も思わずごくりと生唾《なまつば》を飲んだ。

「まあ、きれいなお尻《しり》」

桃子がそう言うと、

「へえ、一八はけっこうきれいな尻をしてるじゃないか。あれは、ふかふかの座布団に座りつけてないと、なかなかあのかたちの尻にはならないよ。あいつ、身を持ち崩《くず》したけど、ほんとはいいとこの若旦那だったりするんじゃないの？」

大旦那も感心して言った。

×　　×　　×

若旦那は手桶でもって水をすくうと、これを肩からかける。

あまりの冷たさに身体はぴくりとし、全身に鳥肌が立った。

それに耐えて、もう一杯。今度は胸のあたりから下のほうまでを軽く洗い流すようにする。

「あーあ、昨夜《ゆうべ》の余韻が切ないねえ」

ここで台詞《せりふ》も入れた。

「よっ、若旦那。憎いよ」

一八が小声で掛け声をかけた。

「大黒屋の若旦那の素敵だったこと。あたしゃ、あの若旦那に首ったけだよ。さ、火《ほ》照《て》った身体を冷ましましょ」

そう言って、なよなよと立ち上がり、ゆっくり盥に足を入れた。

「うひゃあ、冷てえ」

思わず小声で口にする。

「あら、すっかりあたしに成り切っているみたい」

見ていた桃子はぽっと頰《ほお》を染めた。

「お、入る真似じゃないんだ。水も湯気が立ってないから冷たいはずだよ。ふふふ。よく見ると、寒くて鳥肌が立っているよ。馬鹿だねえ一八も」

大黒屋の大旦那も目が離せない。

×　　×　　×

盥に腰を下ろした若旦那。手ぬぐいを水にひたし、それで首筋あたりを撫《な》でるようにして、

「ここらあたりは強く吸われてあとになってなければいいんだけど」

そう言って、身をよじるようにしてみせた。

「おい、凄いよ、若旦那。色っぽいですって」

「それとこのあたしのお乳。若旦那ときたら大好きなんだから」

重そうに持ち上げるようなしぐさもした。

これには一八、たまらなくなってしまい、

「ああ、もう駄目！　若旦那！　ふるいつきたいよ！」

思わず大きな声が出た。

×　　×　　×

「あれ？　いま、一八の声がしたぞ」

大旦那もこの大声には気がついてしまった。

「馬鹿ねえ、一八さんたら」

桃子も顔をしかめた。

「あの野郎。誰か代わりを頼んだな。そりゃそうだ。あいつが、こんなにうまい芸ができるわけはないよ」

大旦那はがらりと障子を開けると、足元の一八を見つけた。

「この馬鹿。誰に代わってもらった？」

この騒ぎに、若旦那もつい振り向いてしまう。

「あ」

「あ」

と、二人は互いに指を差し合った。

「甲之助じゃないか」

「あ、おとっつぁん。しまった」

「なんで行水の芸なんかしてるんだ？」

「そりゃあ洒落ってもんですよ」

「この寒いのにか」

「くだらないことに命を張る。これが男の生き方、粋《いき》ってもんでしょうよ」

若旦那も居直った。こうなりゃ、勘当でもなんでもしてもらうつもりである。

ところが、大旦那は思いがけなく相好《そうごう》を崩し、

「それでこそ、あたしの倅。それでこそ若い者」

「あれ、怒らないので？」

「怒るどころか褒《ほ》めてやりたい」

「あら」

「面白かったぞ。ほら、寒かっただろう。もう炬燵に入れ」

大旦那は身体を心配し、温めてやろうと声をかけるが、若旦那のほうはまだ興奮や粋がりが残っているから、

「炬燵？　なに言ってるんですか、おとっつぁん。炬燵は夏のものでしょうが」

第三席　浦島

一

「ふぁっ、ふぁっ、ふぁあああ」
男は大きなあくびをしながら目を覚ました。
目をこすり、首をぽきぽきいわせる。首筋が凝《こ》っている。ゆっくり左右に動かした。
なんだか、ずいぶん長いこと寝た気がする。
——まさか、死んで生き返ったわけじゃないよな？
それくらい、いっぱい寝た気がするのだ。
家の中を見回した。

ひどく散らかっている。木の実の殻《から》や、柿の種やらがやたらと落ちている。夜中に寝ながら食べたのかもしれない。

立ち上がると、すこしふらついた。

——おれ、酔っ払ってる？

いや、そんなはずはない。酒など一滴だって飲んでいない。足が弱っている感じがする。じっさい少し細くなった気もする。どうしたのだろう。あまり足を使わないでいたみたいな感覚なのだ。

窓が開いている。そばに寄った。

海が見えている。今日はよく晴れて、品川《しながわ》の遠浅の海も真っ青に輝いている。

ボロ家だが、ここはほんとに景色がいい。

だが、景色とは裏腹に、頭のほうはまだすっきりしない。靄《もや》がかかり、夢のつづきのようである。

男は頭をはっきりさせるように、自分に向けて問いかけた。

——おれは誰だっけ？

名前が思い出せない。それはまずいだろう。

たしか……太がついたような気がする。太平《たへい》？　太一《たいち》？　違うなあ。太吾作《たごさく》？　そんな名前だったら嫌だよなあ。

まあ、いい。そのうち思い出すだろう。

――昨夜《ゆうべ》は、なにしてたんだっけ？

これも思い出せない。だが、楽しかったという感じは残っている。

いや、楽しいだけではない。せつなさも混じっている。

夢の記憶なのだろうか。

男は窓の外をよく見た。

海の手前に細長い町並が伸びている。品川の町だろう。道の片側だけが町で、反対側は海が迫っている。

――町に行けば、なにか思い出せるかもしれないな……。

男は外に出て、歩きはじめた。

だが、すぐに大事なことに気づいた。

「忘れ物だ」

男は家にもどり、置いてあった箱を取って来た。なぜだか、これがないと困る気がするのだ。
白木でできた、さほど大きくもない箱である。なかにはなにか入っているのか。振ってみても、なにも音はしなかった。

男は箱を小脇にかかえて、坂道を降りてきた。
下の道はにぎわっていた。
それもそうで、この道は東海道である。大勢の旅人が行き来している。
ここらは宿場の外れである。
屋台に毛が生えたような小さなそば屋が目についた。
腹が減っている。それもひどく減っている。もうずっと飯を食べていないみたいに。
懐《ふところ》を探ると巾着《きんちゃく》があった。
開けてみると、少なくない銭が入っている。
「天ぷらそばにしてくれ」
「はい、どうぞ」
出てきたそばを凄《すご》い勢いでかっ込んだ。

一杯では足りず、

「おかわり。月見そばで」

と、二杯目も頼んだ。

「旦那、昨夜はお楽しみでしょ？」

そば屋のあるじが男の食欲に驚いたように訊《き》いた。

「お楽しみ？　なんでそう思うんだい？」

「だって、その食欲。失った精力を玉子で回復しようってんでしょ？」

「そうなのかね。自分じゃわからねえんだ」

「さっぱりした顔をしてますぜ」

「おれは髭《ひげ》が薄いからいつもそう言われるんだ。髪はほら、こんなに長くなってる」

だが、いつ、こんなに長くなったのだろう。さかやきも伸び、長くなった髪を後ろで束ねている。床屋で髷《まげ》を結いなおさなければならない。

「でも、女にもてて、ぜんぶ吐《は》き出してさっぱりって顔」

「そうかね」

もてていたのだろうか。逆にふられたのではないか。

だが、それは夢のなかのできごとのようでもある。

「そこの見世《みせ》に入ったんでしょ？」

「どこ？」

「ほら、そこの〈竜《りゅう》の宮《みや》〉って見世。入口のところに珊瑚《さんご》が飾ってあるとこ」

「面白いのかい、その見世は？」

「品川でもいちばんだといいますよ。花魁《おいらん》の乙《おと》ってのは、皆から姫って呼ばれるくらい品がよくて、かわいい女だそうですぜ」

「竜の宮の乙って姫？　それじゃあ竜宮城の乙姫じゃないか」

「ええ。それをもじったのかもしれませんね」

「そんなところに行ったかなあ」

男は首をひねった。

そばを食べ終え、そば屋が言っていた見世の前を通ってみた。

いまは真っ昼間でひっそりとしているが、なるほど入口のわきには珊瑚らしきものが飾られている。

だが、これは明らかに木を削って色を塗っただけの贋物《にせもの》だった。

「ここで遊んでた？　ほんとかよ」
男はそうつぶやいた。
脳裡《のうり》の片隅に竜宮城の記憶があるような気がする。
目をつむり、その記憶を引っ張り出してみる。
海の底で大きなお城が揺れている。
鯛や平目が踊るように泳いでいる。
その先……。
きれいな女の人が、いるような、いないような……。
ほんとの体験ではなく、絵草子かなにかの記憶ではないのか。
思い出せない。
男は手に持った箱を見た。
――どうして、こんなもの、持ち歩いているんだろう？
男の頭はまだぼんやりしている。

二

道から海辺に降りてみた。

宿場からは離れて、砂浜がつづくあたりである。
四、五人の子どもたちが丸くなって騒いでいる。
真ん中になにか、黒いものがある。

――亀だな。

と、男は咄嗟《とっさ》に思った。あいつら、亀を苛《いじ》めているのだと。

「おい、お前たち」

「なんだい？」

なかでもいちばん生意気そうな少年がこっちを見た。

「亀を苛めるのはよしなさい」

「亀？」

「亀を苛めているんだろ？」

「おじさん、大丈夫？　これ、亀に見えるかい？」

「え？」

男は黒いものをじっと見た。

「違った。亀じゃない。うさぎだ。黒いうさぎだ」

男は呆然とつぶやいた。

「うさぎと亀を間違えてどうすんだよ、おじさん」

「しっかりしろよ」

「しかも、苛めてないよ」

「かわいがって遊んでいるだけだぜ」

「まさか、うさぎと亀の競走でもさせてると思ったかい？」

「亀のほうが勝つんだぜ」

子どもたちは、口々にそう言った。

「そうか。ここらで子どもたちが大きな海亀を苛めているのを見たことがあるんだ。それでてっきり亀かと思ったよ」

「海亀を苛めてた？　聞いたことあるな、その話」

「聞いたことがある？」

「うん。ずいぶん昔、おらの爺《じい》ちゃんが子どものころ、仲間といっしょにここらで海亀を苛めていたらしいよ」

「それでどうした？」

「誰かがやって来て、海亀を苛めちゃいけねえって、銭をいっぱいくれたんだそうだ」

「うんうん。それで？」

「それだけだよ」

「それだけ？」

「ああ。儲《もう》かったって話。爺ちゃん、よほど嬉《うれ》しかったらしく、この海辺を歩くたびにその話をしてくれたよ」

「それにはつづきがあるだろ？」

「つづき？　ああ。おらの爺ちゃんの家は貧乏で、親からもこづかいなんかもらったことなかったんだそうだ。それで、その銭で飴《あめ》をどっさり買って、毎晩、夜になると舐《な》めていたんだと。そうしたら、ひと月ほどするうち、虫歯ができて、歯が痛いのなんのって、ひどい目に遭ったそうだよ」

「いや、そんなつづきじゃなくて、その銭をくれた男の話で」

「そんなもの、ないよ」

「あるはずだがなあ。ちらっと振り向いたら、海亀の背中に乗ってるところだったとか。それでどんどん沖へ入っていったとか」

「それじゃあ、浦島太郎《うらしまたろう》だろうが」

「え、いま、おめえ、なんて言った?」

「それじゃあ、浦島太郎だろうがって」

「あ、おれの名前は太郎だった」

「なんだよ。おじさん、自分の名前、忘れてたのかよ」

「ああ。でも、いま、思い出したよ。おかげでな」

「そりゃあ、よかった」

「礼をしなくちゃな」

太郎はそう言って、懐の巾着から銭を取り出し、子どもたちに分け与えた。

「ありがとう。太郎さん」

「ああ、飴なんか買うなよ。虫歯になるぞ」

「買わないよ。みたらし団子にする」

「おいら、煎餅《せんべい》にする」

「おらは立ち飲み屋で一杯ひっかける」

「おい、ぐれちゃったのもいるのか。ま、いいや。好きに遣え」

「そのうさぎはあげるよ。じゃあね」

子どもたちは喜んで走り去っていった。

「ふっふっふ。子どもはやっぱり無邪気でかわいいや。おい、うさぎ、おめえは野うさぎだろ。こっちは海だぜ。まさか、おめえはおれを海の向こうに連れて行くことはできねえよな」

太郎がそう言うと、うさぎは首をかすかに横に振った。

「え？　できるってのかい。そんなことはねえだろう」

ちらっと海のほうを見やると、三角のヒレみたいなものが見えた。

「え、いまのは鮫《さめ》だったよな。まさか、鮫を集めるから、背中をぴょんぴょん飛んで行けってんじゃねえだろうな。それじゃ、因幡《いなば》の白うさぎだぜ」

太郎がそう言うと、うさぎは冗談だよといったような顔で、草むらのほうへ走り込んでいった。

「なんか、変だな」

太郎は首をかしげた。自分がもしかしたら有名な男だったような気がしてきた。

「おれ、浦島太郎か？」

太郎はそうつぶやいて、海の彼方を見た。

凪《な》いで、青く澄んだ水面。その下に何千丈もある深い海。

どこか、懐かしいような気がした。

三

浜辺をゆっくり歩いていると、漁師が二人で話している声が聞こえた。

「親が爪に火を点《とも》すようにしてつくった遺産を、竜の宮に三日居つづけして、ぜんぶ遣ってしまった馬鹿がいるんだとよ」

竜の宮というのは、さっきも話に出た遊郭《ゆうかく》のことだろう。

「そりゃあ、馬鹿だ。あの世で親も泣いているだろうな」

「乙姫の魔力に嵌《は》まったんだろうな」

「そんなにいいのかね」

「らしいぜ」

太郎はその話を聞いて、なんだか嫌な気がした。

――おれのことじゃないよな。

まさか、自分がそんな馬鹿だったなんて。そうは思いたくない。

さらに宿場のほうに引き返して来ると、ちょっとした岩場に腰をかけて、若い女が海を見ていた。

なんとなく寂しげなようすである。つらいことでもあったのだろうか。

もっと近づいた。

きれいな顔をしている。

誰かに似ている気がする。すると、ふいに、
ドキッ。

と、した。せつない気持ちもこみ上げてきた。いったいどうしたのだろう。

別れのせつなさ。いったい誰と別れたというのか。

女の前に回り込むようにして、

「あのう……」

と、話しかけた。

「はい？」

「おれのこと、知りませんかね？」

「変なこと訊くんだね。あたしのことは知ってるの？」

「会ったことがあるような、ないような」

「あたしは花魁だよ」

「ははあ」

「乙っていうのさ」

「ああ、あんたが姫と呼ばれている乙さんかい？」

「そう。乙姫さま。笑っちゃうよね。ほんとの乙姫さまが聞いたら怒っちまうよ」

ふてたように、手に持っていた貝殻を海に向けて投げた。

「そんなことないよ。負けないくらいきれいだよ」

「乙姫さまを知ってるみたいじゃないか？」

「そんなふうに聞こえたかい？　そういうつもりで言ったんじゃないんだけどね」

「あら、そうなの」

「おれ、あんたと遊んだことはあったかね？」

太郎はおずおずと訊いた。

「あったかね？　自分でわかんないのかい？」

「どうも、頭がぼんやりしちまって、はっきりしねえんだよ」

「ないよ」

花魁はそっけない調子で、だが、きっぱりと言った。

「ない？　そんなにかんたんに言えるの？」

「あの見世ができて、まだ半年なんだよ。だから、来た客は覚えてるよ。それに、あんたみたいな人はあまり遊郭には来ないんだよ」

「おれみたいな人？」

「そう。ちょっと気が弱くて、花魁とかを可哀そうに思ったりする人」

「ああ、そうかな」

だが、それは本当にそう思うのだ。

花魁になりたくてなった女はどれくらいいるのか。酒を飲み、騒いで、楽しそうにやっていても、うんざりする夜が来る。やがて、病んで、ぼろぼろになって、ろくに医者にも診せてもらえず、死んだら放り捨てられるように無縁仏となる。

「遠慮がちに遊んだりする人だよね。だから、もし、来てたら忘れないよ」

「じゃあ、やっぱり夢なんだ」

「どういうこと？」

「いや、おれ、竜の宮に行ったことがあるみたいな気がしてきたんだけど、それはやっぱり夢だったんだ」

「うちの遊郭じゃなく、ほんとの竜宮城かもしれないよ」

「それはないだろうよ」

「わかんないよ、そんなことは」

「わかんないだって？」

「あたしも、月からやって来たんだって思うときがあるんだ。それで、いつかまた月に帰るんだって」

乙は、まんざら冗談でもないような顔で言った。

「へえ、帰れるといいな」

「あんた、やっぱりやさしいね。今度、遊びに来てよ」

「うん。気が向いたらな」

「ねえ、その箱はなんだい？」

「わからねえ。目が覚めたら、そばにあったんだよ」

よく見ると、細い線がある。

「あ、ここ、蓋《ふた》になってるんだ。開けてみよう」

「よしなよ」

と、乙は手を出して止めた。

「え？」

「なんだかわからないものは開けないほうがいいよ」

「そうかね」

「なかから白い煙が出て、あんたもあたしも爺さん婆《ばあ》さんになっちまうかもしれないだろ？」

「それじゃあ、玉手箱だろうが」

「玉手箱かもしれないよ」

「え?」

太郎はじっと箱を見た。

ふと、開けて一瞬にして爺《じじ》いになってしまってもいいような気がした。

四

乙に別れを告げ、歩き出そうとしたとき、江戸のほうから来た男が、

「あれ、太郎か?」

と、足を止めた。

「ああ、そうだよ」

「ひさしぶりだなあ。生きてたのか、おめえ?」

「どうにかな」

「ぜんぜん姿を見せなくなっちまったから、どこか旅にでも出たのかと思ってたんだ

ぜ」

「そんなようなものだよ」

男はうなずき、ふと顔を寄せてきて、

「そこの女、カメじゃないよな?」

訳のわからないことを言った。

「カメ?」

「とぼけるなよ」

太郎の肩を突っついた。

「違うよ、乙さんていう人だ」

「そうか。もう、あんな女にだまされるんじゃねえぞ。じゃあな」

「ん?　ああ」

男はにやにや笑いながらいなくなった。

――カメだって?

海亀じゃなく、カメに連れられて竜宮城に行ったのか?

カメはあれか、乙姫の付き人かなにかだったのか?

ぼうっと立って考えていると、

「おーい、太郎」

向こうで男が呼んだ。

「え？」

手を振っている。あの男も太郎を知っているのだ。

「起きたんだな。よかったな。もしかしたら、一生、目が覚めないかと心配したんだぜ」

大きな身体《からだ》をした男が近づいて来た。

のん気そうな顔をした男で、悪人などには見えない。

「おめえ、誰だっけ？」

太郎は恐々《こわごわ》、男に訊いた。

「いとこの権太《ごんた》だろうが。忘れたのか？」

「ああ、そういえば、権太のような気がする。おれんとこに泊まりに来て、寝小便をたれていったっけなあ」

「そんなこともあったな」

「セミを二十四も食って、腹を下したのも権太だった」

「どれも、子どものときの話だろうが。つい最近みたいな言い方をするなよ」

「そうだったっけ。まだ、頭がぼんやりしててさ」

「まずは家に帰ろうや。腹、減っただろう。飯、つくってやるよ。おめえが寝てるあいだも、ときどき来て、食いものの用意はしてやってたんだぜ。おめえ、寝ながら食ってたから覚えちゃいねえだろうが」

「なんか、そんな気がしてきたよ」

「ところで、いままでおめえが話してたあの女、カメに似てるよな」

「カメ？」

　さっきの男もそう言った。

「ああ、おめえを振った女だよ。富クジで当たった千両も大方、巻き上げられて」

「そうだったっけ」

　では、竜宮城に連れて行ったのも、カメではなかったんだ。

「おれ、富クジに当たったたんだ？」

「ああ。龍偶寺《りゅうぐうじ》でやってた富クジで、一等を当てたの忘れたのか？」

「龍偶寺！　竜宮城じゃなくて、龍偶寺かよ」

「なんだよ、竜宮城って？」

「しかも、おれ、一等の千両当てたのか」

「そうだよ。あのときはもう、周りも舞い踊るような大騒ぎ」

「鯛や平目も？」

「なに、言ってんだよ。それで、おめえは嬉しくて、気がふれたみたいになった。あげくには、近づいてきた美人のカメにうまいこと言われ、結局、ほとんどを持ち逃げされたんじゃねえか」

「あ、だんだん思い出してきたような」

「だろう？」

「それで、おれ、衝撃のあまり、寝込んだんだ」

「ああ、もう、起きていたくねえってな。あんときの落ち込みっぷりはひどかったぜ。でも、気持ちはわかるよ。そりゃそうだよな。わずか二、三日のあいだに、極楽行って、地獄に落ちたみたいなもんだからな」

「嘘《うそ》だよ。そんな無茶苦茶なことってあるかよ」

太郎は頭を抱え、うずくまるようにした。

そんなことは信じたくない。

だが、去って行ったカメの冷たい横顔が浮かんできたし、いろんなことも辻褄《つじつま》が合うようだ。

それでも、そんなかわいそうな運命は信じたくない。

「じゃあ、これはなんだよ」

と、太郎は手に持っていた箱を突き出した。

「なんだよ、それ、わざわざ持ってきたのか？」

「そりゃ、そうだ。これこそ、おれが竜宮城にいた証拠じゃねえか」

「証拠？」

「玉手箱だよ、これは」

「あっはっは、笑わせるなよ」

「だったら、開けるぞ。開けたら、白い煙が出て、おれはたちまち、おじいさんになってしまうんだ」

そのほうがいい。

そんな突拍子もない過去を信じるより、おじいさんになってしまったほうがましだ。

「えいっ」

と、太郎は玉手箱を開けた。

煙など出ない。なにも変わらない。

権太がにやにや笑っている。

「な、玉手箱なんかじゃねえだろ」

「じゃあ、これ、なんだよ?」

「箱枕だろうが」

「枕か、これ。おれ、さっきから大事に枕を持って歩いてたのかよ」

「だって、おめえは昔から、それがないと眠れねえって手放さないんだよ」

「あ、そうだ。おれは、これがないと眠れないんだ」

「これでわかっただろ。おめえはもう、富クジのことも、カメのことも忘れて、地道にやり直すしかねえのさ。また、やり直せるって。おめえはまだ若いんだから」

「おれって、浦島太郎じゃなかったんだ」

てっきり自分は、有名な物語の主人公のような気になっていた。

「浦島太郎のわけねえだろ」

「おれ、どれだけ寝てたんだ?」

「三年だよ。お前は三年のあいだ、ずうっと寝てたの。そのあいだに竜宮城の夢でも見たんだろ?」

「三年寝てた? なぁんだ、どうも変だと思ったら、おれ、浦島太郎じゃなくて、三年寝太郎だったのか」

第四席　かけだし易者・上

一

桜がちらほらと舞い散っていた。

とはいえ、まだ満開のうちである。散っているのは、早熟か、ちとおっちょこちょいだった花びらなのだろう。

その桜の木の下に二人の男がいた。

師匠と弟子である。

「いよいよ独り立ちだな」

師匠が弟子を見て、うなずきながら言った。

「はい、緊張します」

「季節もいい。桜が満開のとき、お前はついに一人前の占い師として世に踏み出していくわけだ。よいのう、未来がある者は」

「そうですかね。おいらは不安でいっぱいなんですが」

「まず、名前をやろう」

「名前もいただけるので」

「わしの名は羅生門鬼丸《らしょうもんおにまる》だ。だから、お前も苗字《みょうじ》のほうは羅生門となる」

「凄《すご》いですね」

「名のほうは、鬼丸にはまだ及ばぬのでな、お丸《まる》にした」

「お丸ですか」

「なんだ、嫌そうだな」

「いや、あの、お丸というのは、どこかで聞いたことがありませんか」

「聞いたことがあるというのは、それだけ覚えやすいいい名前ということだ。文句があるならかわやにするぞ。羅生門かわや」

「いえ、お丸でけっこうです」

「お前には手相と人相の観方をじっくり余すところなく教えた」

「ほんとにそうでしょうか」

「自信がないのか？」

「だって、お師匠さまに弟子入りしたのは、たった三日前ですよ。それで手相と人相のすべてがわかりますか？」

「わかるよ」

「指南料は三年分とられましたが」

三年間、毎日、野菜の棒手振《ぼてふ》りで稼いだお金のほとんどを、この指南料に差し出してしまった。

「三年かかる指南が三日でわかってしまうのが、わしの指南の凄いところなのだ。ちゃんと三年分教えてあるから、心配しなくていいぞ。わからなくなったら、虎の巻を見て、適当なことを言えばいい」

「適当なことはまずいですよ。相談するほうは必死なんですよ。道に迷い、周りは真っ暗で、なんとか小さな光は見えないものかと、そういう思いでやって来るんじゃないですか。そんな人に適当なことは言えませんよ」

「え、お前、わしの弟子のくせに真面目《まじめ》だな」

「なんですか、それは」

お丸は口を尖《とが》らせた。まるで、真面目にやることがいけないみたいではないか。

「だがな、人間の運命なんてのは、だいたいが過酷なんだ。ろくなことはないんだ。占ったとしても、答えはたいがいそう出てくる。それをそのまま言えるか？　言ったら、相手は頑張ろうって気になるか？」

「そう言われると……」

あなたの明日は真っ暗だとか言われたら、たしかに生きていく勇気もなくなってしまう。逆に、適当でもいいことを言われたほうが、頑張って運も上向きになるかもしれない。

「だから、適当なことを言って、ちょっぴり希望をもたせてやる。それでこそいい占い師なんだ」

「そんなこと、おいらにできるかなあ」

お丸は腕組みして考え込んだ。

「自信がないのか？」

「ええ、教えられたことをそのままなぞるくらいはできますが。適当っていうのは、その人に合わせたりするから、逆においらみたいな駆け出しには難しいんじゃないですか?」

「そこはもちろん、人生の経験がものをいうところさ。だいたい、お前、歳はいくつだった?」

と、羅生門鬼丸は白い髭《ひげ》をごしごしごきながら訊《き》いた。

「十六ですけど」

「え、お前、まだ十六だったのか?」

鬼丸はびっくりして、お丸の顔をじろじろ眺《なが》めた。

お丸は内心、それはないよな、と思った。人相を教えておきながら、相手の顔をちゃんと見てないなんて、怠慢ではないか。

「いったい、おいらをいくつだと思ってたんですか?」

「いや、四十近くにはなっているかと思ってたよ」

「おいらって、そんなに老《ふ》けて見えるんですか」

おとなに見えるとはよく言われた。だが、四十はひどい。

「十六で、他人の人生の相談に乗るか？」

「そんなこと、いまさら言われたって困りますよ」

そこまで深くは考えなかった。

毎日、歩き回る仕事だったので、ずっと座ってできる仕事がしたいなと思っていたところで、〈あなたも占い師になれる〉という看板を見かけたのだった。

ちょっとだけ話を聞こうと思ったら、たちまち口のうまい鬼丸に丸め込まれて、一生懸命貯めたお金も吐《は》き出してしまったというわけである。

「そうか、まだ十六だったか。十六では人生の機微はわからんわな」

「自分でもわからないだろうと思います」

「だが、知識は無駄にならないから、他の仕事をいろいろ経験してから占い師にもどるというのも手だぞ」

「他の仕事ですか」

「ああ。船頭などはいいぞ。いろんな人を乗せるからな、すごく勉強になるんだ。かくいうわしも、船頭を二年ほどやっているんだ。三人ばかり川に落としてしまって、やはり合わないと悟ったがな。あ、そうだ、駕籠《かご》屋《や》がいいぞ。あれもいろんな人を乗せるし、客を川に落とす心配もないし」

「お師匠さま。なんか、おいらの面倒を見るのが嫌になってませんか？」

「そ、そんなことはないぞ。わしはそなたがちゃんと一人前になるまでは、面倒を見てやるつもりだ」

「頼みますよ」

「だが、十六となると、ぽんと背中を叩《たた》いて送り出すのは気がひけるのう」

羅生門鬼丸は、さすがに後ろめたそうな顔をした。

二

鬼丸はぽんと手を叩いた。

「そうだ、こうしよう。わしが客になる」

「お師匠さまが？」

「うむ。それで稽古《けいこ》をするがいい。一度やってみると、なんだ、こんなものかと思えるものなのさ」

「あ、なるほど」

と、お丸はうなずいた。だが、本当ならそんなことは、三日の講義のあいだにいくらでもやれたことではないのか。三日間は、ぶ厚い指南書を二冊、みっちり読まされただけだった。

「では、わしはそなたの前に座るぞ」

「はい。どうぞ」

お丸は嬉《うれ》しそうに前の席を示した。席といってもなにがあるわけではない。小さな台の前に立て膝《ひざ》で腰を下ろすだけである。

「うむ」

鬼丸が急に緊張した顔になった。

「なにかお悩みですか？」

と、お丸が訊いた。

「そうだな」

そう言って、深く考え込むようにうつむいた。

しばらくなにも言わない。

「どうかしましたか、お師匠さま？」

「なんか、こっち側に座ると、勝手が違うというか、急に人生の荒波に放り込まれた気がするな」

鬼丸は真面目な顔で言った。

「へえ、そうなんですか」

「ああ、いままでそっちにいるときは、なんだか高みの見物でもしているような感じだったんだがな。相手の言うことをざっと聞いて、覚えている占いの虎の巻にあてはめ、相手に合わせて適当なことを言っていたんだ。でも、こっちに座るとまるで違うな」

「顔もお客さんみたいですよ」

顔は青ざめ、眉間《みけん》には深い皺《しわ》がより、ときどき深いため息をつく。

「そうだろう。わしはいま、誰かに相談したいよ」

「急に？」

「ああ、急にだよ」

「いままで、悩みもなかったんですか？」

「なかったよ。ところが、こっちに座ったら、なんだよ、おれの人生、悩みだらけじゃねえかって感じ」

「なんでも相談に乗りますよ」

「お願いします。じつは、わしは、まだ独り身なんですが、どこかに嫁になってくれそうな女はいないものでしょうか?」

と、鬼丸は言った。

三日間、鬼丸の暮らしをつぶさに眺めた。

仕事が終わるとすぐ、酒を浴びるほど飲み、酔っ払うと大きな声で唄いながら裸踊りをする。そのまま外に出て、長屋の井戸の周りをぐるぐるまわったりもする。

もし、女だったら、この人の嫁になりたいと思うだろうか。

「いそうもないですね」

お丸は思わずそう言った。

「なんだと」

「いや、まず手相を拝見……あれ、手相がない」

「お前、手の甲を見てどうすんだ。手のひらを見ろ」

「失礼しました」

お丸は師匠の手を取り、じいっと見た。

女運の線を探した。線はどこにもない。

「どうした、お丸？」

「適当なことを言うんですよね」

お丸はおどおどした口調で訊いた。

「いきなり適当なことを言うのは駄目だ。手相に表われていることをさらっと言って、今後のことを適当に言うのだ。だが、もしもいい線が出ているなら、それはつぶさに伝えてやったほうが喜ぶぞ」

「うーん。伝えようがないんですよ」

「なんで？」

「女運の線がどこにもありませんよ」

「え？　おれ、女運ないのか？　そんな馬鹿な」

裏返して甲を見、腕まくりして肩のあたりまで探した。

「なに、してるんですか？」

「わきの下あたりに隠れたかもしれない」

「そんなの、手相って言えますか？」

「言えねえよな。ないよ。わしは、女運がまったくない。そうか、どうも、わしは女にもてねえなあと思っていたら、女運がなかったんだ。じゃあ、金運のほうを観てくれ」

「金運ですか、わかりました」

お丸は金運の線を探した。だが、こっちもなかなか次の言葉が出ない。

「お丸、どうした？」

「適当なことを言うんですよね？」

「おい、まさか？」

「金運も観当たらないんですよ」

「そんな馬鹿な。あ、ほんとだ。金運もない。金難の相はあるけど。もう、しょうがない。健康を占ってくれ。わしはいくつくらいまで生きられる？」

やけくそみたいに手を差し出した。

お丸はじいっと見入ったが、またなにも言わない。

「お師匠さまはもう、死んでいます」

「お丸、どうした？」

「え、健康運もないのか？」

「生命線が二十歳《はたち》くらいのところで、ぷっつり途切れています。まるで化け物かなにかに食べられたみたいに」

「ほんとだ。だが、思い当たることはあるぞ。わしは二十歳のとき、酔っ払って永代《えいたい》橋《ばし》から大川に落ちたことがあるんだ。そのとき以来、なにをやっても生きた心地がしなくなった。そうか。わし、ほんとは二十歳で死んでいたのか」

「でも、現にこうやって生きているじゃありませんか」

「いや、これは生きている影のようなもので、真のわしはもう死んでいるんだ」

なにやら深遠そうなことを言った。

「いままで自分の手相を観てこなかったんですか？」

「観ないよ。だって、怖いじゃないか。自分の運命なんか知ったら」

羅生門鬼丸は、怯《おび》えた声で言った。

三

すっかりふさぎ込んだ師匠に「わしのことはいいから、行ってくれ」と送り出され、お丸は台一つだけを持って歩き出した。

「ほんとに大丈夫かなあ、あのお師匠さまの指南で他人の人生を占っちゃったりして。お師匠さまって、自分の運勢をまったくわかっていなかったんだ。でも、そういうものかもしれないよな。人は自分の運勢がわからないからこそ生きていけるのかもなあ。

しょうがない。なんとか頑張るか。

ただ、このお丸なんて名前。これじゃあ、馬鹿にされるよ。顔は老けているけど、たかだか十六の占い師で、名前を羅生門お丸。誰が相談したがるんだよ。

そうだ。上にもう一つ〈お〉をつけて、〈おお丸〉という名前にしちゃおう。それならいいぞ。羅生門おお丸……占い師というより、追いはぎみたいな名前だな。でも、お丸よりはましか。

さて、どこで店開きをしようかな。

お師匠さまは橋の近くがいいって言ってたな。川の流れを見ると、人は誰かに相談したくなるようなおぼつかない気持ちになるんだって。ただ、柳の木の下には、ときどきのっぺらぼうが出るから気をつけろとは言ってたけどな。

橋といったら日本橋か。よし、日本橋に行ってみよう。

だんだん人が増えてきたぞ。お、その先が日本橋だ。橋のたもとというと、うわぁ、たいそうな人だかりだよ。そこは魚河岸《うおがし》か。

ちょっと、すみません。占いの店開きをするので、そこらへん、ちょっとだけあけてもらえませんか」

「おいおい、おめえ、なに、そんなとこに座ろうとしてんだ」

隣で露天の魚屋を出している男が、乱暴な口調でおお丸に言った。

「お、おいらは占い師の羅生門おお丸といいますが、ここで占いをしようと思いまして」

「ここで占いだ？　馬鹿野郎。ここは魚河岸だぞ。そんな頓馬《とんま》な店を勝手に出されてたまるか。とっとと消えろ。ぐずぐずしてると、てめえ、ここでかっさばいて、刺身にして売っちまうぞ」

　魚屋は両手に持った包丁をかちかち言わせた。

「申し訳ありません！」

　おお丸は日本橋の上を走って逃げた。

「ああ、怖かった。まったく魚河岸の人たちは気が荒いっていうけど、ほんとだよな。日本橋はさすがに混んでるなあ。こんだけ人がいたら、なかにはおいらに相談したいって人もいるかもしれないな。

　よし、こっちの南詰のほうのたもとに座ろう。こっちは北詰よりはゆったりしているみたいだし。あれ、もう誰か座ってるよ。隣に座らせてもらおうかな。こんにちは」

　おお丸は隣に座っている人に頭を下げた。

　だが、男は返事をしない。黙ってうつむいているばかりである。

「聞こえないのかな。こんにちは」

　もう一度、言った。

「ん、ああ」

今度は小さくうなずいてくれた。

「占い師の羅生門おお丸といいます。ここで占いの店を開きたいと思いまして、よろしくお願いします」

「ん」

「そちらもなにか商《あきな》っていらっしゃるんですか?」

「いや、とくに」

これだけ大勢の人が行きかうところに座っていて、なにも売ったりしないというのは、じつに勿体《もったい》ない話ではないか。

「そうなんですか。それだと、暇《ひま》でしょうねえ。ん?」

よく見ると、手前の男の向こう側に女も座っている。

「あれ? そちらには女の方もいらっしゃいますね。ご夫婦ですか?」

「いや、そうなりたいなあと思ってね」

「そうなんですか。ご事情もおありなんですね」

おお丸は、いかにもものがわかっているみたいにうなずいて見せた。もしかしたら、こういう人こそ占いを求めているのではないか。

「あのう」

「なに？」

「じつは、おいら、今日が占い師としての出発の日なんです。これから観るお客さんが、おいらの最初の客になるんです。よろしかったら、おいらの最初のお客さんになってもらえませんか。いえ、お代はけっこうなんです。最初なんで、うまく占えるかどうかもわからないし。どうでしょうか？」

「あっしらのなにを占うんです？」

「お二人のこれからを」

おお丸がそう言ったとき、

「おい、小僧。こんなところでなにしてるんだ？」

長い棒を持った男が、それで突っつくみたいなしぐさをしながら訊いた。

「え？　おいらはなりたての占い師でしてね、いまからここで店開きしようかと思ったんですよ。それで、最初のお客さんとして、こっちの人たちを占ってあげられたらなと思いまして」

「お前、大丈夫か？」

「なにが？」

「ここがどこか知ってるのか？」

「天下の日本橋の南詰のたもとでしょ」

「日本橋の南詰のたもとはな、罪人の晒《さら》し場なんだぞ。女犯《にょぼん》の罪をおかした坊主だとか、心中に失敗した者などを晒しものにするところなんだ」

「え、じゃあ、この人たちは？」

「心中に失敗した二人だよ。この者たちのなにを占うんだ？」

「それは、失礼しました」

おお丸は慌《あわ》てて逃げ出した。

四

「驚いたなあ。でも、悪いことをしちゃったよ。まさか心中に失敗した人たちだったなんて、思ってもみなかったからなあ。なんだか、かわいそうなこと、しちゃったよ。でも、心中しようっていうほどの気持ちで、この先も頑張って生きていってもらいたいよなあ。

ずいぶん遠くまで逃げて来ちゃったけど、ここはどこだ？　霊岸島《れいがんじま》のあたりだよ。あそこに橋がある。ええと、湊橋《みなとばし》って書いてあるぞ。ここはとくに魚河岸も罪人の晒し場もないよな。うん、大丈夫みたいだ。人通りは日本橋とは比べものにならないけど、しょうがないよな。おいらみたいな駆け出しの占い師は、こういう静かなところのほうがふさわしいんだよ」

おお丸は、たもとからちょっとわきに逸《そ》れた柳の木の下に、小さな台を置いて、地べたに座った。

「誰か来ないかな。人は通るけど、ここに来てはくれないんだよな。棒手振りのときは、かぼちゃはいかがですかとか、なすにきゅうりとか言ってたけど、占い師はあまりそんなことは言わないよな。

手相はいかがですか。人相も観ますよ。これじゃあ、重みがないよな。

あーあ、誰でもいいから来てくれないかな」

おお丸がそうつぶやいたとき、

「ちょいと、ごめんよ」

声がかかった。

「うわっ、びっくりした」

「あ、驚かせてすまないな」
二十四、五くらいの若い男が立っていた。
この人が初めてのお客なのかと、おお丸は嬉しさのあまり、うわずった声で訊いた。

「ど、どうしました？」

「じつは、道に迷ったみたいなんだよ」

「人生の道に？」

「そんな大げさな話じゃないよ。単に、道に迷っただけで、さっきから同じところをぐるぐる回ってるみたいなのさ」

「それはやっぱり、道に迷っているんじゃなくて、人生に迷ってるんですよ」

おお丸は自信たっぷりにそう言った。

「あんた、どうしても、あたしを人生に迷わせたいわけ？」

「そういうわけでもないんですが、あなたは誰に道を訊いているんですか？」

「え？」

男は、ようやくおお丸の前の台と、それに貼ってある紙を見た。

「手相、人相、ずばりあなたの悩みを解決……ああ、あんた、易者さん？」

「そういうこと。だから、おいらにものを訊《たず》ねるということは、人生について訊ねているということになるの」

「なるほど」

「それで、なにを訊ねてるんですって？」

おお丸はちょっと押しつけがましいくらいの口調で訊いた。

「道を、いや、人生の行く末を」

「そうでしょう」

「いや、たしかにそうなるかもしれないな」

「どうして？」

「じつは、あたしと夫婦《めおと》になりたいと言ってきた女の家に行こうとしてるんだが、その家がわからないのさ」

「あなたと夫婦になりたい？」

「うん。変わった女だろ」

「でも、その女の家がわからないんですね？」

「というか、会ったこともないんだ」

「変な話ですねえ」

「そうなんだよ」

なにやら訳がありそうである。

「それは占ったほうがいいんじゃないですか？」

「なにを？」

「どんな女の人か」

「それは会えばわかるからいいよ」

「はあ」

たしかにそうかもしれない。でも、人は会ったからといってわかるものでもない。三年も付き合って、なんだ、こんなやつだったのかということもたくさんある。

「じつは、あたしは浮世絵師なんだけどね、あたしが描いた絵が大好きだという文をもらったのさ。先生の絵を見ていると、心の深いところが慰《なぐさ》められる気がします。こんな素晴らしい絵を描く人とぜひ、いっしょになりたい、ついては、あたしの家を訪ねて来てくれないがと、こう書いてあったのさ」

「へえ」

「絵師というのは、ほめ言葉に弱いんだよね」

絵師はでれでれした顔で言った。

「それで、その女の人の家というのは、どこにあるんですか？」

「ここに書いてあるんだよ、ここ」

と、絵師はその文を見せてくれた。

「なんだか、変な文ですね。筆で書いたようには見えませんよ。木の枝かなんかに、泥水でもくっつけて書いたみたいじゃないですか」

「筆なんかどうでもいいさ。要は中身だよ。それで、最後のところに住まいが書いてあるだろ？」

「あ、これですね。ええと、霊岸島湊橋箱崎《はこざき》側のたもと、一本だけ立った柳の木の下……あれ？　湊橋の箱崎側のたもとっていうと、ここですよ」

「ここだよな」

「一本だけ立った柳の木？　ほかに柳の木はないですよね。その下といったら、おいらがいま座っているここじゃないですか？」

「だよな。じゃあ、別に道に迷ったわけじゃなかったんだ。悪いけど、あんた、そこをどいてくれないか？」

「どうしてですか？」

「だって、そこは、この文を出してくれた女の住まいだからさ」

「そんな無茶な。ここは天下の往来ですよ。誰の家でもありませんよ」

「たしかにそうだよな」

「からかわれたんじゃないですか？」

「からかわれた？　あたしなんかからかって、なんの役に立つんだろう？」

絵師は不思議そうに首をかしげ、

「でも、こうなると、からかわれたとしか考えられないなあ」

なにか納得いかないというように帰って行った。

それからは誰も寄りつかない。皆、なんの興味もなさそうに通り過ぎるだけである。

だんだん暗くなってきた。

お腹《なか》が空《す》いてきたが、占いが流行《はや》るのは夕方から夜だと師匠から聞いている。

我慢して座っているうち、

「あのう」

と、どこかから声がした。

「はい？」

周りを見回すが誰もいない。

「どこにいるんです？」

「ここです、ここ」

おお丸の前に、ぼぉーっと影が浮かんだ。

両手を胸の前にだらりと垂《た》らし、長い髪が顔を隠している。色白であるのはわかるが、髪に隠れて目鼻立ちはわからない。

まぎれもない幽霊である。

「げっ、出たよ。まいったなあ。柳の木の下になんか座ったのがいけなかったんだ」

「あのう」

幽霊は静かな声で言った。

「な、なんですか？」

「ここに、絵師が訪ねてきませんでしたか？」

「きましたよ。文を持った絵師が」

「あ、それ、あたしが書いたんです」

「やっぱり。でも、もう帰っちゃいましたよ」

「そうなの。あの人、ちょうどこのあたりの絵を描いてくれたんです。すごくいい絵だったんですが、柳の木の下にあたしを描いてくれてなかったもんで」

「いっしょになりたいって文を出したんですか？」

「そう。あの人とあたし、どうなるのかしらね？」

「どうなるって、どうにもならないでしょうよ。住んでる世界が違うもの」

「そんなこと言わず、占ってみて。占い師さんでしょ？」

「そりゃまあそうですけど。では、手相観せてください」

「あら、手相？　駄目。手がこうなったまま、表を向けられないのよ」

「手相ないんですか。じゃあ、人相を観ます。髪をあげてください」

「人相ね。こう？」

幽霊がさっと首を振って髪を後ろにやると、

「あ、人相もない！」

第五席　かけだし易者・下

一

霊岸島にある湊橋のたもとで、若い易者が客を待っていた。

易者の名は、羅生門おお丸。今日、初めて易者として江戸の町に出てきたのだ。

日は暮れたが、幸い今宵《こよい》は満月。しかも、橋のわきには常夜灯があったり、近くに飲み屋の赤提灯《あかちょうちん》が出ていたりして、ここらは充分に明るい。

「へえ、暗くなったらむしろ人通りが多くなってきたみたいだ。誰か、お客さんが来てくれないかなあ」

おお丸はずっと人の往来を眺《なが》めている。

するとと、ひどく困ったような声が聞こえてきた。

「頼むよ。しっかりやってくれよ。おめえだって、うまくやって喝采《かっさい》を浴びたら嬉《うれ》しいだろうよ」

大人が子どもの手を引きながら、何か言っていた。

だが、子どものほうは返事もろくにしない。

——生意気な子どもだなあ。

そう思ったが、歩き方がなんだかおかしい。子どもなのに、年寄りみたいにガニ股なのだ。

訳はそのあとの男の言葉でわかった。

「お前、猿回しが嫌になったのかよ」

どうやら子どもに見えたのは猿だったらしい。男が猿の手を引きながら、猿に向かって愚痴《ぐち》をこぼしているらしかった。

「お困りのようですね」

おお丸は声をかけた。

「じつに、まったく、お困りだよ」

「わたしは占いをする者ですが、お力になれるかもしれませんよ」

「ほほう。占いか」

男は一度、考え込み、

「この猿が言うことをまったく聞かないようになっちまったんだよ」

そう言いながら、寄ってきた。

「急にですか？」

「急にだな。一昨日《おととい》までは一生懸命いろんな芸をやってくれて、皆になんてかしこい猿なんだろうと絶賛されていたんだよ。それが、昨日からぴたりと芸をしなくなった。まったく、なに考えてんのかわかりゃしねえ。猿の人相――人相ってのは変か、面構《つらがま》えを観てくれないかい？ それと手相も」

「人相はともかく、猿に手相なんてあるんですか？」

「あった気がする」

「どれどれ」

手元に置いた小さな行灯《あんどん》のところまで手を引っ張ろうとしたら、

「うきっ」

いきなり引っかかれた。

「なんだか苛々《いらいら》してるみたいですね」

「そうなんだよ。駄目だろ、猿之助《えんのすけ》」

「えんのすけっていうんですか？」

「そう。えんは猿って書くんだよ。苗字《みょうじ》は石川《いしかわ》ってんだ」

「石川猿之助。立派な名前ですねえ。歌舞伎役者みたいじゃないですか。親方のほうの名前は？」

「あたしは苗字もなくて、ただ、捨太《すてた》っていうんだがね」

「猿のほうが立派な名前ですね」

「そうなのさ。こんな立派な名前をつけてやったのに、もう恩義を忘れたのかねえ」

「忘れちゃいないよな、猿之助。手を見せておくれ」

おお丸がやさしく言うと、猿之助は素直に手を差し出した。

「ああ、手相もあるんですね。いちおう」

「な、あるだろう」

「大きな線はちゃんとあります。小さい線はごちゃごちゃして訳がわかりませんが」

そう言って、じっと見入った。

「頭いいですよ、この猿」

「そうかい？」

「ほら頭脳線がこんなにくっきり。親方のは？」

「あたしはこうだよ」

捨太も手を出した。

「あ、だいぶぼんやりしてますね」

「猿のほうが頭がいいとか言うなよ」

「そこまでは言いませんが、微妙なところかも」

「おいおい」

「猿之助の運命線はくるりと輪を描いています。これは人間には滅多にない相です」

「とんぼ返りが得意だからかな」

「そういうことは関係ないと思いますよ。もしかしたら、以前の暮らしにもどりたいのかなあ。ちょっと人相のほうも合わせて観てみますね」

と、天眼鏡を顔のほうに向け、

「ふむふむ。人相のほうも、たしかに生意気そうな面構えですねえ。皺《しわ》の多い赤ら顔。この猿、酒、好きですか？」

「好きだね」

「え、飲むんですか？」

「あたしが晩酌《ばんしゃく》をはじめると、くれくれってうるさいもんでね」

「飲ませすぎですよ。だから、こんなに赤くなって」

「わかった。気をつけるよ」

捨太は渋々うなずいた。

おお丸は、猿之助の頭のよさや酒の飲み過ぎなどについて考え、

「この猿はたぶん、自分がやっている芸に不満があるんですね」

と、推察した。

「不満？」

「もっと人の心を打つような立派な芸がやりたいみたいですよ」

おお丸がそう言うと、猿之助は何度も激しくうなずいた。

「ほら、なにか身ぶりで示してますよ。え、なに？　おかしなしぐさだなあ。あれ？

これって、欄干《らんかん》渡り、それから宙乗りのしぐさをしてるんじゃないですか。もしかして、義経《よしつね》千本桜がやりたいのかい？」

おお丸が訊《き》くと、猿之助はうなずいて見得《みえ》を切るみたいにした。

「そうなんだ。義経千本桜なんてどこで知ったんですかね？」

おお丸は捨太に訊いた。

「あたしは芝居なんてまったく興味もないしねえ。あ。こいつ、一昨日、人形町あたりで一休みしていたとき、しばらくいなくなったんだよ。あんとき、芝居小屋にでももぐり込みやがったな」

捨太がそう言うと、猿之助はそうだとばかりに大きくうなずいた。

「なんて野郎だ。ちょっと目を離した隙に……」

「猿之助がやりたいと言ってるんだから、やらせてあげるべきでしょうね。きっと客たちも大喜びですよ」

おお丸は、それが占いの結果であったように、重々しい口調で言った。

「そりゃあ無理だよ」

「どうしてですか。猿之助はさっきもやってみせたじゃないですか」

「あたしと釣り合いが取れなくなるよ」

「釣り合い？」

「猿之助が芝居のしぐさをしてみせても、あたしがそれに合わせて気の利いたことを言えないいんじゃなんのことかわからないだろ」

「ははあ。それはそうかもしれませんね」

さっきのしぐさも、おお丸はたまたま町内の素人《しろうと》芝居でそれを稽古《けいこ》したことがあったからわかったのだ。もし、あれをやらなかったら、ただ猿がふざけているだけと思ってしまったかもしれない。

「あたしは、わきにぼーっと突っ立ってるだけになっちまう。そりゃあ、駄目だ」

捨太がそう言うと、猿之助は悲しそうに背を丸め、遠くのほうを見た。

「なんだか、山が懐かしいんじゃないですか？」

「そうだな。山から無理やり連れて来たんだけど、かわいそうだったかねえ。やっぱり山にもどしてやるか」

捨太はそう言って、猿之助の手を引き、歩き出そうとした。

「あのう、お代をいただきませんと」

「あ、そうか。猿でも金払うのかい？」

「そりゃそうですよ。おいらだってこれが仕事なんですから」

「猿なんだから、おまけしてくれよ」

「では、人の半額にまけときます」

と、おお丸は代金を受け取った。

二

「最初の客が猿ってえのは、運がいいのか、悪いのか、わからないなあ。次にどんな客が来るのか、楽しみになってきたぞ。おおっ、向こうからきれいな女の人がやって来たぞ。芸者さんみたいだ。まさか、ああいう人はここには来ないよな。あんな美人に悩みごとなんかあるわけないもんなあ」

「今晩は」

「あ、はい、今晩は」

おお丸は嬉しくて声が震えた。

「あたし、芸者の梅奴《うめやっこ》。占ってもらえる？」

「もちろんです」

「じつは、あたしには秘密があるの」

「そりゃあお客さんみたいにきれいな人だったら、秘密の百や二百はあるでしょう」

「そんなにはないわよ。じつはね、あたし……男なの」

「嘘《うそ》でしょ」

「信じられない？」

「信じられませんよ」

すると、芸者は急に野太い声になって、

「これでも信じられねえってのかよ」

「ひぇえ、そうだったんですか」

おお丸は驚いて目を丸くした。

「多いのよ、世の中には。○○に見えるけど、ほんとは××ってのが」

「そうなんですか」

「そう。船頭に見えるけど、最後の一本を売る竿竹《さおだけ》売りってのがいたわよ」

「なるほど」

「大黒さまに見えるけど、肥《ふと》った泥棒ってのもいた」

「ははあ、かついでいた袋には盗んだものが入っていたんですね」

「この前は神田明神《かんだみょうじん》の境内《けいだい》に、易者に見えるけど、ほんとは噺家《はなしか》ってのがいたわ」

「易者に見えるけど、噺家？　名前、わかりませんか？」

「たしか、羅生門鬼丸とかいったような」

「それ、おいらの師匠ですよ。なんだ、師匠、噺家だったのか」

どうりで、口はうまいけど、言うことに重みを欠いたわけだ。

「そんなわけで、あたしも芸者に見えるけど、ほんとはおかまなの」

「なるほど」

「これでも、若いうちはごまかせたんだけど、だんだんごまかしが利かなくなってきたのよ。頭が禿《は》げてきたから、かつらかぶらなくちゃいけないでしょ」

「かつらですか、それ？」

「ちょっと汗かくと、耳の後ろあたりが変な臭《にお》いがするようになってきたし」

「それ、いまも感じます」

「最近じゃ、いつの間にか鼻毛がはみ出ているし、しょっちゅうつまんないダジャレを言うし、気がついたらあぐらかいてたりするし」

「それで芸者さんやってちゃまずいですよね」

「まずいのよ。今日ばれるか、明日ばれるのかと、気が気じゃないの」

「どれどれ、お顔を拝見」

天眼鏡を顔に向けた。

「ほんとだ。髭《ひげ》が見えてますね」

「でしょ。この髭も、夕方剃《そ》ったのに、夜遅くなるともう生えてくるのよ」

「肌の照りや脂《あぶら》っぽさも、女の人とは感じが違いますね」

「そうなのよ」

「ははあ、これはばれちゃいますね」

「やっぱり？」

「おそらく。ちょっと手相のほうを観せてください。ほほう、手相のほうを観ると、偽《いつわ》って生きていくのもできなくはないみたいです」

「このまま、なんとしてもごまかして、芸者として生きていくか、それとも実家にもどってスズムシの養殖をしようか、迷ってるのよ」

「実家はスズムシの養殖をしているんですか」

「そう。育てて、秋になったら売るんだけど、地味な仕事でしょ。あたしはそれが嫌で飛び出したんだけど、ときどきスズムシの音色《ねいろ》が懐かしく思えたりもするのよ。ちんちろりんって、いい音色よ」

「そっちは自分を偽らなくてもよさそうですよ」

「偽って生きるのは悪いこと?」

「いいえ。みんな、大なり小なり自分を偽って生きてますから」

「でも、このままじゃ疲れそうね。わかった。スズムシのほうに行く。芸者の梅奴は今日いっぱいで終わりにするわ」

「賛成です」

「では、これはお代ね」

芸者は来たときと違って、すっきりした足取りで帰って行った。

三

「なんか変な人ばかり来るなあ。もうすこしふつうの悩みを持った人が来てくれないかなあ」

おお丸が橋のほうに目をやると、真面目《まじめ》そうな武士が頭をかきむしりながら、行ったり来たりしている。しかも、ときどき立ち止まって、こっちを見ている。

「あの、お侍《さむらい》さん、こっちを気にしているな。お侍さんなら、そうそうおかしな悩みもないんじゃないかな」

おお丸はしばらく見ていたが、

「お侍さん」

と、声をかけた。

「な、なんじゃ」

「なにかお悩みですか？」

「なぜ、わかる？」

「幸せな人は頭をかきむしりながら、橋を行ったり来たりはしませんから」

「さようか。たしかにな。どんなふうに占うのだ？」

「人相と手相を観ます」

「では、心配ごとがあるので観てもらおうか」

侍はどっかりとおお丸の前に座った。

天眼鏡を向けると、侍はいきなり恐ろしげな顔をした。

「そんな凄《すご》いお顔をされなくても大丈夫ですよ」

「これは癖でな」

「癖ですか」

変な癖もあったものである。

「他人の前だと、ついつい粋《いき》がって強そうなふりをするのだ。生まれたときからそうだったらしい」

「顔の力を抜いてみてください」

「こうか」

侍はふうっと顔の力を抜いた。急に、いかにも頼りなげな顔になった。

「こっちが本物の顔ですね」

「そういうこと」

「ずいぶんお優しそうなお顔になるんですね」

「これがじっさいのわしなのさ。気が弱くて、根性もなくて、剣の腕なんかもさっぱりだ。ただし、顔がいかついため、いかにも腕の立ちそうな侍になってしまう」

「そうか。見た目とじっさいが違いすぎるんですね」

そういう人は少なくない。いや、見た目というのはけっこういい加減で、人相を観るときもそのことを忘れてはいけないのだ。

「しかも、わしはまた、名前もいかにも強そうでな」

「なんとおっしゃるので?」

「八ヶ岳《やつたけ》力蔵《りきぞう》と申す」

「八ヶ岳……力蔵さん……たしかにどっしりして、強そうな名前ですね」

「だろう? わしはこの顔と名前のせいで、いつも自分を偽って暮らさなければならなくなってしまったのだ」

「どういうことです?」

「じつはな、わしはこの先にある〈小田原屋《おだわらや》〉という大きな両替商に用心棒として雇われているのだ」

「まさにぴったりのお仕事ですね」

「見た目はな。だが、さっきも申したように、わしは気が弱いし、剣も駄目だし、押し込みなんかあったら、いの一番に逃げ出したいくらいさ」

「だったら、用心棒なんか引き受けなければいいじゃないですか」

「ところが、用心棒仕事というのは、ほかに比べて稼ぎがいいのだ。それに、押し込みなんてことは滅多に起きるものではないし、いままではなんとかやってこられたわけさ」

「なるほど」

「ところが三日前、小田原屋に脅迫状が舞い込んだ」

「脅迫状！」

「さよう。それには『近々、そちらの店に押し込み、有り金すべてをいただく。抵抗する者は容赦《ようしゃ》なく刺し殺すので覚悟いたせ、怪盗まむし小僧』と書いてあったのだ」

「まむし小僧？　聞いたこと、ありませんね？」

「うむ。だが、ねずみ小僧よりずいぶん怖そうだろう」

「たしかに、まむしですからね」

「そのまむし小僧が、今日にも襲ってくるかもしれぬのだ。わしはどうしたらよいのか、悩んでいるところさ」

「それではじっくり観て差し上げましょう」

おお丸は、あらためて天眼鏡を八ヶ岳力蔵の前に出した。

「そんなに顔をしかめずに」

「こうだな」

「なるほど、荒っぽい仕事には向かないお人柄ですね」

「そうだろう」

「こまかい手仕事が得意みたいですが？」

「うむ。傘張りをやらせたら、江戸で右に出る者がないと、傘問屋の番頭に褒《ほ》められたことはあったな」

「心もやさしいみたいで」

「そうだな。生きものが好きで、家では猫三匹と金魚を二匹飼っている」

「なるほど。生きものが好きな人に悪い人はいないって言いますしね。では、手相のほうも拝見します。大きな手ですねえ。足じゃないですよね」

「手だよ」

「生命線、長いですよ。手のひらじゃ足りなくて、手の甲までつづいています」

「では、殺されるというのはなさそうか」

「そのかわり運命線はよくないですね。かぼそくて、よろよろしてます。これは冴えない人生をうんざりするほど長くつづけるってことでしょう」

「嫌な人生だなあ」

「あ」

「ど、どうした？　脅《おど》かすなよ」

「女難の相が出てますよ」

「女難？　女か？　そんな心配はないだろう。なにせ女にはまったく縁がないのだから」

「あとは心配するほど悪くならないようですがねえ」

「ほんとか。押し込み強盗に斬られて死んだりはしないのか？　小田原屋がいくら盗《と》られようが、それは正直、どうでもいいのだ」

「それはいけませんよ。でも、女難以外には、とくに危険は迫っていませんよ」

「じゃあ、まむし小僧も心配はいらないのか？」

「ただの悪戯《いたずら》みたいなものなんですよ、きっと」

「そりゃあ安心したよ」

八ヶ岳力蔵はそう言うと、ちゃんと代金を払って帰って行った。

四

「まったく、あんなに恐ろしそうなお侍が、じつはとんでもない臆病者だったなんて、世の中は面白いなあ」

おお丸は、つい、にやにやしてしまった。

「おや？」

橋のほうを見ると、誰かが欄干にもたれて、じいっと川の流れを見つめていた。幸せな人は、川の流れに見入るなんてことはしない。たぶん、悩みを抱えて苦しんでいるに違いない。

「あのう」

おお丸は声をかけた。

「なんだよ」

「お悩みごとですか？　よろしかったら、相談に乗りますよ」

「相談に？」

「はい。もちろん聞いたことは決して他言はいたしません」

「そうなのか」

男は抜き足、差し足、忍び足といった調子でやって来た。妙な雰囲気の男である。

「ほんとに相談ごとは秘密にしてくれるのか？」

やけにそのことにこだわっている。

「まさか、人を殺したいとかいうんじゃないでしょうね。それだと話は別ですよ」

「そんなひどいことは考えていないよ。ただ、おいらは泥棒の見習いなんだ」

「泥棒の見習い？」

「親分からいろいろと泥棒のコツを教わって、初めてそれを実行に移すところなんだ」

「それじゃあ、さっきまでのおいらといっしょだよ」

「え？　お前も泥棒の見習い？」

「違うよ。おいらは易者の見習いだったのさ。それで、あんたはどんな泥棒をしたらいいかを占ってもらいたいの？」

「そうじゃねえ。入るところは、この先の小田原屋って両替商に決まってるのさ」

「え……」

さっき八ヶ岳力蔵が用心棒をしているといった店ではないか。とすると、この情けなさそうな若者が、恐ろしげな名前のまむし小僧だったのか。

「その小田原屋は有名な悪徳商人で、あんなやつから盗むのは世の中のためになるくらいのものさ」

「もしかして、脅迫状を？」

「え、なぜ、それを？」

「それは人相でわかるのさ」

「へえ。たいしたもんだな」

まむし小僧は感心した。

「だが、あんたは泥棒の道に入ったのを後悔しているのじゃないかい?」

「そうなんだよ。やっぱり、こんな商売はおいらに向かないと思うんだ。だから、やめてもよいのだが、あの小田原屋というのはひどいやつで、皆から嫌われているぞというのを思い知らせてやりたいんだ」

「ははあ」

脅迫状にはそういう意図もあったらしい。

おお丸は天眼鏡をまむし小僧に向けて、

「うん。やっぱりこの仕事はやめたほうがいいよ」

「悔しいなあ」

「では、手相のほうを観てみよう。ふむふむ、なるほど」

「なにか、解決策みたいなものはないかい?」

「芝居を打ってはどう?」

「芝居?」

「小田原屋さんには、八ヶ岳力蔵という名の恐ろしく腕の立つ用心棒がいる」

「あいつのことか」

まむし小僧は怯《おび》えた顔をした。

「まむし小僧なる者から脅迫状がきたもので、返り討《う》ちにしてやると、手ぐすね引いて待っているらしい」

「げげっ」

「というのは嘘で、八ヶ岳力蔵さんもあんたといっしょで、ほんとはそんなことはしたくないそうだ」

「へえ」

「だから、いったんは忍び込んだまむし小僧が、八ヶ岳さんに斬られたふりをして、逃げてしまうというのはどう？　それなら、八ヶ岳さんも押し込みを防いだことになり、まむし小僧も小田原屋に評判の悪さを訴えることができるのでは？」

「なるほど。そいつはいいや。おいら、逃げ足の速さには自信があるから、そのまますたこら逃げちまうよ」

「ついでに泥棒からも足を洗って」

「ああ。足の速さを活《い》かして、飛脚でもやるよ」

「それはいい」

「だが、その用心棒さんはほんとに協力してくれるのかい？」

まむし小僧は不安げに訊いた。

「大丈夫。それは、おいらがちゃんと話をしておくよ」


「たいへんだ！　押し込みだ！」

最初に気づいた小田原屋の手代が騒ぎ出した。

「旦那さま。たいへんです。押し込みです」

「うるさい。しがみつくな。それより、早く八ヶ岳力蔵さんに出てきてもらえ。八ヶ岳さん、押し込みです。こんなときのために高い用心棒の給金を払ってきたのだから、頼みますよ」

小田原屋の旦那は喚《わめ》いた。

「ふっふっふ。騒ぐでない。たかが押し込み、なにほどのことでもあるまい」

八ヶ岳力蔵は羅生門おお丸からすでに事情を聞いているので、落ち着いたものである。

刀に手をかけ、悠然と押し込み強盗の前に立ちふさがった。

「きさまがまむし小僧か。待っていたぞ」

「誰だ、てめえは？」

「わしは八ヶ岳力蔵と申す剣客」

「八ヶ岳力蔵。しまった。なんという豪傑がいたのだ」

話がついているので、やりとりは芝居がかってしまう。

「天下の盗人《ぬすっと》まむし小僧。相手にとって不足はないぞ」

「ええい、ここはいったん退《ひ》かせてもらうぜ。だが、これだけは言っておく。悪党、小田原屋。てめえ、むちゃくちゃ評判悪いぞ！」

そう言い捨てて、まむし小僧は外へ飛び出した。

「待て、待て、まむし小僧。わしの剣に臆しおったか」

八ヶ岳力蔵は調子に乗り、大声を上げながら外まで追ってきた。

そこで、別の道から小走りにやって来た男と、がつんと鉢合わせ。

八ヶ岳力蔵はそのはずみで後ろにひっくり返り、頭の後ろを強くぶつけてしまった。

「いてて。あ、大きなコブができてしまったぞ。こいつ、気をつけろ」

「なんだと、そっちがぶつかってきたんじゃねえか。おめえこそ、気をつけろ」

ひどく威勢のいい男で、八ヶ岳力蔵を怒鳴《どな》りつけた。

「八ヶ岳さん。大丈夫ですか」

隠れて見ていた羅生門おお丸が慌《あわ》てて駆け寄った。

すると、ぶつかった男は驚いた声で、

「おや、さっきの易者さんじゃないか」

「あれ、あんたは？」

「芸者の梅奴さ」

「あれ、今日までは芸者でいるって」

「そうだったわね。ごめんなさいね、旦那」

急に女の声になってわびると、八ヶ岳力蔵はぽんと手を打って、

「これが女難だったか」

第六席　脳味噌

一

「今日も凄《すご》い喧嘩《けんか》だったね、辰《た》っつぁん」

長屋の井戸端に出てきた辰五郎《たつごろう》に、隣の平吉《へいきち》が声をかけてきた。

「そうなんだよ。聞こえてたかい？」

女房がいたら言いにくいが、女房のほうはひとしきりの大喧嘩のあと、朝早くからの仕事で出て行ってしまった。

「そりゃあ聞こえるよ。あんだけ大きな声上げてたら。もっとも、ほとんどは辰っつぁんの悲鳴だったけど」

「あの野郎。嚙《か》みつきやがるんだ。見てくれよ、この歯形」

辰五郎は、二の腕の内側あたりを見せた。嚙まれたばかりで、歯形がくっきりへこんでいる。これはまもなく痣《あざ》になるだろう。ほかに額《ひたい》のあたりに幾筋か、引っかかれた痕《あと》も見えている。

「ほんとだ。また、でかい歯形だね。獅子舞《ししまい》のお獅子に嚙まれたんじゃねえのか」

「まさに獅子だよ、あいつは。名前は寅《とら》だけど」

左官の辰五郎、髪結いのお寅の夫婦は、とにかく派手な喧嘩をすることで、町内でも有名なのだ。それは長屋の大家の悩みの種にもなっていて、「あれは喧嘩じゃねえ、合戦だよ」と嘆くほどだった。

「名前は関係ないと思うけどねえ」

「関係あるって」

「でも、おいらは静香《しずか》って言う名の、めちゃくちゃなおしゃべりを知ってるぜ」

「そういうやつもいるのか。でも、あいつの強いことといったら、虎や獅子みたいだぜ」

「うん。そうみたいだな。それは声や音だけでもわかるよ」

「口が達者なだけじゃねえ。力も度胸もおれより上だ」

「だったら喧嘩しなきゃいいじゃねえか」

「いや、それで立ち向かわなかったら男がすたる」

辰五郎はぐっと胸を張った。

「また、よくも喧嘩のタネが尽きないもんだね」

「そりゃあタネなんざいくらでもあるもの。だいたい、あの野郎ときたら、満足にメザシも焼けねえんだぜ。今日も真っ黒にしやがって、メザシだか炭だかわからねえんだ。これなら焼くあいだがもったいねえから、最初から炭を出せって言ったんだ」

「炭をね」

「そうしたら、あの野郎は、てめえが朝っぱらからメザシが食いたいなどとぬかすからだときやがった。メザシなんざ、朝に食うもんだよな。なあ、平さん？」

「うん。まあ、朝に食うことは多いな」

「だろう。これで、喧嘩をするなというほうがおかしいよ」

「でも、お寅さんはそこらで挨拶《あいさつ》する分には、かわいくて、愛想《あいそ》がいいんだがね」

「そうらしいな。外づらはいいんだ。ところが、家に入って、おれの顔を見ると、変わるんだよ」

「そうなのか？」

「そりゃあもう見事なもんだぜ。こうやってそこらじゅうに愛想を振りまきながら帰って来るだろ」

辰五郎は笑顔を真似《まね》して見せ、

「それで、一歩、家に入るわな。こうだよ」

と、断末魔の貧乏神みたいなものすごい形相《ぎょうそう》になった。

「そんなに変わるのかい？」

「変わるよ。金魚を釣ったらどじょうになったみたいに変わるよ」

それを聞いて、平吉は怯《おび》えた顔をした。

「でも、あんたたちは惚《ほ》れ合っていっしょになったんだろう？」

「そうなんだよ。そもそものなれそめってえのは、三丁目の〈大坂屋《おおさかや》〉の仕事でおれは壁を塗りに、あいつはおかみさんの髪結いに行っていて、そこで目と目が合ったのがけちのつき始めさ」

「けちのつき始めはないだろう」

「お互い、いい男だ、いい女だと思っちまったんだな。ろくろく手元を見ねえで仕事をするもんだから、おれは窓まで漆喰《しっくい》で塗りつぶしちまうし、あいつはおかみさんの頭を相撲《すもう》取りみたいな大銀杏《おおいちょう》にしちまうし」

「そりゃあ、叱《しか》られただろう」

「叱られたのを互いになぐさめ合ううちに、手を握りの、肩を抱きの……あら、お前さん、そんなことを……いいじゃねえか」

「おい、辰っつぁん。わかったよ」

「まだ、あのころはあいつも痩《や》せてて細かったんだ。胴まわりなんざこれくらいしかなかったよ」

と、両方の親指と人差し指で円をつくった。

「そんなに細かったのかい？」

「ああ。それがいまじゃあ、こうだよ」

両方の腕で抱くようにして、まだ足りなそうである。

「あのころ、いまみたいに喧嘩してたら、おれも連戦連勝だったんだけど」

「情けないいな」

「所帯を持って三年。なんだよ、このひどい喧嘩の日々は、って思いはあるよ。どこかで調子がおかしくなったんだろうな」

辰五郎はいかにも落胆したように、大きなため息をついた。

「どうにかなんねえのかい」

「おれだって、どうにかしてえよ」

「おいらはまだ独り者だぜ。のべつあんな喧嘩を聞かされてたら、嫁をもらおうって気持ちもなくなっちまうよ」

「うん。おれも勧めねえよ」

「そりゃねえって辰っつぁん。おれの夢を奪わねえでくれ。そうだ。誰か、仲のいい夫婦を見習えばいいんじゃねえのかい。あ、向こうの路地を入ったところにいる長《ちょう》助《すけ》って野郎。あそこの夫婦は仲がいいぜ」

「ああ、そうだな。このあいだも仲よく寄り添って歩いていたわな」

「長助んとこで、夫婦円満にやるコツを聞いてきなよ」

「コツ？」

「そう。ぜったい、なんかあるはずだよ」

辰五郎は神妙な顔ですこし考えて、

「そうだな。いつまでもこの調子じゃ別れるしかねえし。そうしてみるか」

長助の家を訪ねることにした。

二

「お、ここだ、ここだ。なんだよ。長屋のつくりだって、おれんとことほとんど変わりはねえようだな。それなのに、あの野郎ときたら、うちは狭いだの、風通しが悪いだのと、文句ばっかり言いやがって。うちが狭いんじゃなくて、おめえがでかくなり過ぎたんだっつうの」

井戸端のおかみさんに訊《き》くと、長助の家はいちばん奥だという。

家の前まで来て、

「いるかな？」

と、玄関から中をのぞき込んだ。

すると、ちょうど夫婦が差し向かいで朝ごはんを食べているところではないか。

辰五郎はつい、そのようすを眺《なが》めてしまった。

「はい、お前さん。メザシをお食べ。ちょっと黒くなっちまったけど」

「なあに、メザシなんざ、ちっと黒いほうがうまいんだよ。青いメザシなんざ、病人の指を食ってるみてえで、おれは嫌だよ」

「おつけのおかわりはいいのかい？」

「もちろん、もらうよ。まったく、おめえがつくったおつけを飲んだら、外で出されるおつけ、あれはどぶ水を温めただけだな」

「まあ、嬉《うれ》しいこと言って。あたしだって、お前さんみたいにがぶがぶおいしそうに飲んでくれたら、つくりがいがあるってもんだよ。明日の朝は、三種類くらい、おつけをつくろうか？」

「そんなにはいらねえよ。仕事先で腹がたぷたぷしちゃうよ」

「ほら、ごはんも食べさせてあげようか。あーんして」

「あーん」

朝っぱらからこの調子じゃ仕事に遅れるだろうと、呆《あき》れながら見ていたが、きりがなくなりそうで、

「えっへーん」

辰五郎は大きな咳払《せきばら》いをした。

長助夫婦はやっと辰五郎のほうを見た。歳《とし》はどちらも二十代の後半くらい。辰五郎のところといっしょである。

「あれ、あんたは？」

「一つ向こうの路地を入ったところにいる左官の辰五郎ってんだがね」

「ああ、顔はよく見かけるね」

「じつはね、朝っぱらからすまねえが、相談に来たんだよ」

と、玄関の上がりかまちのところに腰をかけた。

「おや、なんだね？」

「おれんとこってえのは、のべつ大喧嘩をしている家なんだよ」

「聞こえてるよ」

「ここまで？」

「あれだけの騒ぎだもの、路地の二つや三つはゆうに越えてしまうよ。今朝もさっきまでやってただろ」

「そうなのか。それもすごいな」

「感心しちゃ駄目だよ」

「それで、しょっちゅうこんな大喧嘩をしていちゃいけねえ、町内の平和のためにもならねえと、自分でも思ったたってわけ」

「そりゃそうだよ。だって辰五郎さんよ、喧嘩なんかしたって、ちっともいい気分じゃないだろう？」

「いい気分じゃないよ」

その日は一日中、嫌な気分はつづくし、たいがいろくな仕事はできなかったりする。

「だったらしなきゃいいじゃねえか。仲よくしているほうがずっと楽しいんだから」

長助がそう言うと、わきで女房もうなずいた。

「それで、仲よくやるコツというのを教えてもらいたくてね」

「まあ、それはいろいろあるけどね、そうだな、お勧めの秘訣《ひけつ》は耳かきかな」

「耳かき？　積もったやつを道のわきにどかせるやつ？」

「それは雪かきだろ。なんで雪かきが夫婦仲にいいんだよ」

「冗談なんだ。聞き流しておくれ」

「まあ、やって見せるから、そこで見ていてご覧よ」

長助夫婦は、朝日の当たる縁側に出た。

「ここらでおれがごろりと横になる。女房がわきに座る。な」

「うん。それで？」

「こうやって、おれの頭を女房の膝《ひざ》にのせる。これがまた気持ちいいんだよ。女の膝ってえのはまた、なんとも言えないくらい柔らかいものなんだ。それで、耳かき棒で耳の垢《あか》を取ってもらうのさ。ああ、この気持ちよさといったら、このまま眠りたくなっちまう。くぅ……」

「おい、ほんとに寝るなよ」

「おっと、すまねえ。でも、こうしてもらいながら、いろいろ話もするんだぜ。なあ、おこま」

「うん、お前さん。このあいだ言っていた仕事はうまくいったのかい？」

「このあいだの仕事ってえと、出雲町《いずもちょう》のお神輿《みこし》をつくる仕事のことかい？」

「そう。注文が多くて大変だって言ってたじゃないか」

「あれはどうにか納めたよ」

「まあ、間に合わせたんだね。たいしたもんだね、お前さんて人は」

「なあに、どうってこたぁねえよ」

「そういえばさ、そこの神社の池のところにスミレの群れがあって、それがきれいに咲いてるんだよ」

「へえ。あの花はきれいだからな」

「仕事の帰りにでも見て来てご覧よ」

「じゃあ、行きがけにおめえといっしょに見に行こうじゃねえか」

「嬉しいねえ」

辰五郎はそんなようすを見ていたが、

「おいっ、いつまでやるんだよ」

「ああ、すまない。いつもの調子になっちまったんだ。それで、こんなふうにのんびりしてると、いま、向こうに猫が座っただろ。猫ものん気に日向《ひなた》ぼっこをするんだ。風が吹き渡り、空ではひばりが鳴いている。白い雲はふんわり柔らかそうで、ゆっくり旅でもしているみたい。そんな景色を眺めながら、こんなに気持ちのいいことをしてもらっていて、喧嘩なんかする気になるかい？」

「ならないな」

「こういうことをしているうちに、険悪だった夫婦仲も次第によくなってくるもんだよ」

「たしかに、よさそうだね。でも、耳かきってえのは誰にでもできるのかい？」

「こんなものは稽古《けいこ》なんていらねえよ」

「うちのやつはものの加減てえのを知らねえんだよ。やり出すと、とことんまでやっちまうんだ」

「存分にやってもらえばいいじゃないか」

「そういえば、やってもらったことは一度もないなあ」

「そうなのかい？」

「焼け火箸《ひばし》をおっつけられたことは何度かあるけどね」

「危ねえなあ」

「耳かきの道具はなんだっていいんだね？」

「あ、そうだ。いい道具を使ったほうが、気分もいいと思うぜ。耳かき棒屋さんでちょっといい耳かきでも買っていったらどうだい？」

「耳かき棒屋さん？　そんなものあるの？」

「源助橋《げんすけばし》のたもとのところにあるから、見て来てご覧よ」

「じゃあ、そうしてみるよ」

三

源助橋のたもとまでやって来て、辰五郎は立ち止まった。

「あ、ここだ。へえ、世の中には耳かき棒屋なんてえのがあったんだね。この前はしょっちゅう通っていたのに、気づかなかったよ。いままで耳かき棒なんて洒落《しゃれ》たものは使ったことがなかったからなあ。五寸釘の頭のところで掻《か》き出していたんだよ」

そんなことをつぶやきながら、店の中をのぞき込んだ。

間口は狭い。二間《けん》分ほどである。だが、壁一面に奥までずらっと耳かき棒が並んでいるのがわかる。

看板も変わっている。大きな耳の中から棒が一本、突き出ているのだ。

「この棒にぶら下がってみようかな」

と、手をかけると、

「お客さん。なに、なさるんですか？」

あるじらしき男が出て来て、怒った。

「あ、すまねえ。めずらしい看板だから、つい、悪戯《いたずら》してみたくなったんだ」

「悪戯はやめて、中をのぞいてみてくださいよ」

「おう。そのつもりで来たんだよ。どぉれ、ちっと入ってみるか」

「はい、いらっしゃいませ」

急ににこやかになった。

流行《はや》っているらしく、客も四、五人ほど入っている。

「いろんな耳かきがあるんだね」

色とりどり、かたちもさまざまらしい。

「ええ。ほとんどありとあらゆる耳かきが揃っていますので」

「ちょっと知り合いに勧められてね。いい耳かきを一本持っておくといいって」

「そりゃあ、いいことを言ってもらいましたね。それで、どういうお方の耳をおかきになるので?」

「どういうお方の耳って、おいらの耳だよ」

「では、ちょっとお客さまの耳を拝見して……五寸釘がございますが」

「五寸釘はいつも使ってるんだよ。今日はちゃんとしたやつを買おうと思ってきたのに、五寸釘を勧めるなよ」

辰五郎はムッとして言った。

「それは失礼いたしました」

「五寸釘なんか、いちばん安いやつなんだろ?」

「いいえ。下はもっと安いのがあります」

「どういうんだよ?」

「使い古しの割り箸を削ったやつがありまして」

「きったねえなあ」

「しかも、これはときどき耳の中で割れたりして、大騒ぎになります」

「売るなよ、そういうものを」

「でも、買う人もおられますから。お客さまも?」

「買わねえっつうの、おいらは。いい耳かきもあるんだろ？」

「もちろん、ございますとも」

「女房と仲がよくなる耳かきがいいんだがな」

「それはまた別の話では……あ、でも、きれいな耳かきを使えば、おかみさんだって
いい気分でやってくれますよ」

「こっちに置いてあるのがいいやつかい？」

と、棚の中ほどを指差した。

「ここらはまあ、ふつうの竹を削ってつくったものでございますね」

「ふつうってのはつまらないね」

反対側の棚のほうを見て、

「こっちはまた、大きいね」

「ええ。ここらは人間用ではなく、生きものが使うものですから」

「生きものの耳かき棒なんてのもあるのかい？」

「うちは、耳に穴があるものなら人に限らず取り揃えておりますよ。これは、象の耳
かきでして」

しゃもじを長くしたみたいなものを指し示した。

「でかいね」

「人用のいいものですとここらあたりからです。金、銀、珊瑚《さんご》、鼈甲《べっこう》、象牙《ぞうげ》なども。これは、将軍さまもご愛用の、棒のところが金で、掻き出すところは翡翠《ひすい》という逸品《いっぴん》です」

「ひゃあ、こうなるとお宝だなあ」

「こちらの漆塗《うるし》りのものなどは、お旗本のお女中たちに人気のある品で」

「きれいだね」

「ええ。小さく金蒔絵《まきえ》も入ってございます」

「こんなきれいなものでおいらの耳をかいてもいいのかね」

辰五郎は気後《きおく》れしてしまった。

「そりゃあ、たしかに青磁《せいじ》の壺《つぼ》をしびんにするようなものでございますが」

「おい。おいらの耳はしびんかよ」

「あ、失礼しました」

「ま、いいや。これを買ってみるよ」

「ありがとうございました」

というわけで、辰五郎はなけなしの金をはたいて、この漆塗りの豪華な耳かき棒を買ったのである。

四

「耳をかいてくれだって？」

お寅が目をひんむいた。

辰五郎は逃げたくなるのを我慢して、

「そこの縁側のところで。ちょうど夕陽が来てるだろ」

と、夕陽で赤くなっているあたりを指差した。

「お前さん、七人もの女の客の頭をやってへとへとに疲れて帰って来たあたしに、それを言うのかい？」

「なあに、ほんのちょっとだけでいいんだよ。おれはそっちの長屋にいる長助ってやつに聞いてきたんだ」

「なにを？」

「それが喧嘩をしなくなるコツだっていうんだよ。おめえだって、おれと好きでしょっちゅう喧嘩しているわけじゃねえだろ？」

そう言われて、お寅は辰五郎の顔をじいっと見て、

「そりゃそうさ。でも、なんだか、あんたを見ると苛々《いらいら》して、つっかかりたくなっちまうんだよ」

と、うなずいた。

「おれもそうだ。だから、これがいいってんだから、やってみようよ」

「まあ、試してみてもいいけどね」

「見なよ。耳かき棒を買ってきたんだぜ」

「あら、きれいな耳かき棒じゃないか。金蒔絵まで入って。こんなんだったら、あたしもやってもらいたいね」

「じゃあ、おれがやってもらったあとで、おめえをやってやるよ」

「どれ、じゃあ、耳を出しな」

お寅はつっけんどんな調子で言った。

「立ってやるんじゃねえ。横になるんだ」

「しょうがないね。ほら、寝な」

「膝まくらで頼むよ」

「なんだか注文が多いね」

辰五郎は横になり、お寅の膝に頭をのせた。

「お前の膝って、硬いな」

「そりゃそうさ。毎日、足が丈夫になるように、愛宕山《あたごやま》の階段を五回ずつ上り下りしてるんだから」

「あの階段を？　何段あるんだ？」

「八十六段あるよ」

「しかも急だろうが。あそこはお前、曲垣平九郎《まがきへいくろう》って人が馬で上って有名になったくらいのところだぜ」

「だから、鍛《きた》えられるんじゃないか」

「それじゃあ、おれが勝てるわけねえよな」

辰五郎は情けない。

お寅が耳をかき始めた。最初はくすぐったいが、だんだんいい気持ちになる。一度、閉じた目をうっすらと開いた。

「そこの庭先に猫が来るだろ。あ、猫じゃない。犬が来やがった」

「こいつ、ここんとこ、このあたりをうろうろしてるんだよ」

「また、凶暴そうなつらをした犬だね」

「ううう、わんわん」

お寅が犬に向かって吠《ほ》えた。

「吠えるなよ。向こうも怒ってるじゃねえか。すまねえな、許しておくれ」

辰五郎が謝ると、犬はつまらなそうにいなくなった。

「おめえ、近ごろ、忙しいよな」

「そうなのさ。だから、近ごろろくにあんたのごはんもつくってやれないで、すまないなとは思ってんだよ。今朝もメザシを炭みたいにしちまったし」

「なあに、そんなことは気にするなよ。メザシなんざ黒くなったくらいのほうがうまいんだ。青いメザシなんざ、病人の指食っているみてえで気味が悪いや」

「やさしいことを言ってくれるじゃないか」

お寅が嬉しそうな声で言った。

「そういえば、お寅。どこかここらの池でスミレは咲いてなかったかい?」

「スミレ? 気がつかなかったねえ。そっちの水たまりには、ちびた下駄が片方、浮かんでいたけどね」

「浮いた下駄を見に行ってもしょうがねえなあ」

「でも、こうしてお前さんの耳をかいてると、なんか亭主にやさしくするのもいいもんだなって思えてきたよ」

「そうだろう? おれだって、こんなふうにしてもらっていれば、喧嘩なんかしたくねえって思うよ」

「ちっと多すぎるからね、うちは喧嘩が」

「多いよ」

「近所でも笑ってるだろうね」

「まったくだ。適当にしとかなくちゃな」

いい雰囲気になってきた。

また、お寅は意外なことに耳かきが上手なのである。わきに置いた近所のうなぎ屋のちらしに、取った耳垢を捨てるのだが、それがどんどんうずたかくなってきた。

「お前さん、いっぱい取れるねえ」

「うん。ここんとこ耳垢なんかまったく気にしてなかったよ」

「これでよく、人の声が聞こえてたね」

「そういえば、近ごろ、人の話がよく聞こえねえなって思ってたんだ」

「そうだろ」

「お寅。もっと、ずうっと奥のほうまでやってくれよ」

「こうかい？」

「ああ、いい気持ち。もっと奥のほうまで」

「こんなに入れてもいいのかい？」

「だって、気持ちがいいんだよ」

まるで、桃源郷にある竜宮城に来たみたいな気分である。目を閉じると、桃の花が咲き乱れるなかを、タイやヒラメが舞い踊っている。

「でも、だんだん耳垢がやわらかくて豆腐みたいになってきたよ」

「豆腐？」

「まさか、これ、脳味噌じゃないよね」

お寅はちょっと気味が悪そうに言った。

「なに言ってんだよ。脳味噌は茶色くて味噌みてえだから脳味噌ってんだろ。豆腐みたいだったら、脳豆腐って言うじゃねえか」

「そうかね」

「きっと、できたての耳垢なんだよ」

「そうなのか」

「いいから、どんどん取っておくれ」

「でも、あんた、いくらでも取れるんだよ。もう、やめときなよ。こんなに取れるなんて、やっぱり変だよ」

ちらしの上の耳垢の山が、ごはん茶碗に盛れそうなくらいになっている。

「そうか。じゃあ、もう、いいや。なんだか、ここんとこの心の憂《う》さまできれいさっぱり取れたみたいだ」

と、辰五郎は起き直った。

「でも、あれ？」

「どうしたんだい？」

「気分はすっきりしたけれど、おれはいったい、どこの誰だっけ？」

第七席　肥風呂《こえぶろ》

一

鍛冶屋《かじや》の音吉《おときち》が仕事に精を出していると、店の前を通りかかった男二人がこんなことを言うのが聞こえた。

「ここだよ、ここ。例の狐《きつね》にだまされた男……」

「あ、あいつがそうかい。だまされるような馬鹿には見えねえな」

「そういうやつに限って、あぶないらしいぜ」

「へえ」

横目でじろじろ見ながら通り過ぎて行った。

この三日ほどは、こんなのがしょっちゅうやって来る。最初のうちは怒鳴《どな》りつけたりもしていたが、もう黙って耐えることにした。

いちいち怒っていたら、仕事に差し支える。

江戸でよく知られた伝説と言ってもいいくらいの話に、狐の風呂の話がある。

ひなびたあたりを歩いていると、美人に声をかけられる。

「よろしかったら、お茶でも」

いろいろ話がはずんで、

「よかったら、お風呂にでも入って、もっとくつろいでくださいな」

「あ、そうですか」

調子に乗って、お風呂にまで入れてもらう。

「ああ、いい湯だねえ」

なんて唸《うな》っていると、

「おい、お前、どこに入ってんだ？」

声をかけられて気がつくと、道端の肥溜《こえだめ》に浸《つ》かっていた——という話。

なんとも汚い話だが、これだけ広まったということは、体験した人も少なくなかったのかもしれない。

根岸《ねぎし》の里に住む音吉もこれに引っかかった。美人、風呂、肥溜……まさに、このとおりのことになった。

あんなに有名な話に引っかかるなんて、よっぽど抜け作だと、皆に笑われたり、同情されたりしている。

——まさか、おれが……。

自分よりだまされやすそうな間抜けはいっぱいいるような気がする。

あのときだまされたのは、ちょうど女にふられたばかりだったせいでもあるのだ。

初恋の女おみねちゃんに……。

「よう、音さん」

ふと、店の前に人が立った。

「ああ、どうも」

ここの町役人をしている善兵衛《ぜんべえ》だった。

肥溜に浸かっていた音吉を助けてくれたのもこの人である。

善兵衛は音吉に同情し、いっしょにいた二人にもこんな話は他人に言っちゃ駄目だよと念押ししてくれたのだが、やっぱり言いふらされてしまったのだ。

「まだ、からかうやつは来るかい？」

「ああ。昨日は上野《うえの》の瓦版屋《かわらばんや》が来ましたよ。くだらねえことまで書かれちゃ嫌だから、一言も話さなかったけど」

「それがいいよ。ああいう連中は怒ったりすると、ますます書きたくなるからね」

「でも、情けないですよ、自分でも」

「そりゃそうだよな。あたしも同じ目に遭ったらきっとそう思うよ。でも、音さんよ。あんた、真面目《まじめ》すぎるのがいけないんじゃないかい？」

善兵衛はこっちの顔色を見るような顔でそう言った。

「真面目すぎる？」

「狐も人を見るんだよ。もともと馬鹿なやつや間抜けなやつなんかからかってもつまらないんだ。真面目で信じやすい男を選んでからかうのさ」

「ふうん」

「だから、仕事ばかりしていないで、もうちょっと遊んだほうがいいよ。吉原なんかほら、すぐあそこに見えているんだから」

と、指差した。

じっさい、ここ根岸の里から吉原までは、息切れもせずに走って行けるくらいの距離である。

「吉原に行くと、狐にはだまされなくなりますかね？」

「ならないか」

「狐にはだまされないけど、おれみたいなのは花魁《おいらん》にだまされるかもしれませんよ」

「あ、そうか」

「それに、ああいうところは好きじゃないんでね」

「まあな。そりゃあ、男なら誰でも吉原が好きなわけじゃねえ」

つねづね親切な人だから、いちおう親身になって言ってくれたのだろう。

「音さん。いろいろからかわれても怒っちゃいけないよ」

「わかってますよ」

話をしながら手は動いている。

焼いた包丁をまた、じゅーっと水に浸ける。

「いい音だね」

「焼き入れって言って、これで鉄を鍛《きた》えるんですよ」

「そうなんだ」

「この音、たまらねえでしょ」

焼いて、叩《たた》いて、水に浸《つ》ける。いいものにするには厳しさが必要だ。

それは人間だって同じかもしれない。

仕事だ、仕事。あんな嫌なことを忘れるには、やっぱりいい仕事をするしかない。

音吉はそう、自分に言い聞かせた。

二

仕事に夢中になっているうち、肩が凝《こ》ってきた。まだ、暮れ六つ（午後六時）までは間があるが、一度、湯に浸かって、それからもう一仕事しようかと思った。

湯屋に行けば、さんざんからかわれる。だが、そんなことで湯にも行けないようじゃしょうがない。

案の定、湯屋には口の悪い大工の連中が四人ほどいた。

音吉を見たら、さっそくからかいの言葉をかけてくる。

「お、音吉じゃねえか。おい、もう、汚れはぜんぶ落ちてんだろうな?」

「あっはっは。からかうなよ、なあ音吉。でも、おめえ、肌の艶《つや》はよくなったんじゃねえか。ちっと黄色っぽいけど」

「おめえだ、からかってるのは。だからさ、風呂でもどうぞって言われたとき、いっしょに入ろうって言えばよかったんだよ。そしたら狐だって、あれには入りたくねえから、思わず正体を現わしたのに」

「でも、万が一、狐も入るって言ったら?」

「そしたら入るさ。だって、おめえ、そんときはいい女なんだぜ。あとで臭《くさ》い思いをしようが、そんときいい女と湯に入れるんだったら、おれは入るぜ」

「おれも入る」

「おれも」

意見が一致して、大工たちは愉快そうに笑った。

「まったく悪い狐がいるもんだよな」

「狐狩りやればいいよ。おれも手伝うぜ」

「そうだよ、音吉。狐狩りだよ」

大工たちは嬉《うれ》しそうに馬鹿っ話に興じている。音吉はそれを黙って聞いた。

自分だって、誰かまわりに同じ失敗をしたやつがいたら、こんなふうに話のネタにして楽しんだかもしれない。

大工たちは音吉をからかうのにも飽《あ》きて、笑いながら出て行った。

一人、湯船に浸かっていると、音吉よりもあとから来た客が、

「あ、音吉」

「なんだ、喜助《きすけ》か」

やっぱり、ここ根岸で生まれ育った幼なじみだった。

けっこう流行《はや》っていた魚屋の倅《せがれ》だったが、おやじが博打《ばくち》にはまって店をつぶし、喜助はまた、棒手振《ぼてふ》りからやり直そうとしている。

そう悪いやつではない。

酒が好きで何度か上野の山下《やました》にある飲み屋にいっしょに行ったりもした。

こいつも、近所にいたおみねのことが好きだったのだ。

おみねが嫁に行ったあと、道で会ったらひどく元気がなかった。それで、喜助もお

みねが好きだったんだとわかった。

そういう音吉も、おみねのことですっかり元気を失くしていたのだが……。

「ぷっ」

喜助は音吉を見て噴いた。

「なんだよ、その笑いは」

「いや、なに、聞いたよ」

「………」

「武勇伝だな」

「武勇伝だと？」

「立派な武勇伝だよ。なかなか人には真似《まね》できねえもの」

「へっ」

「いろいろ訊《き》いたら怒るだろ？」

「怒らねえよ」

「あれの湯加減はどうだった？」

「ああ、悪くなかったよ」

「そうなのか」

「熱くもねえし、ぬるくもねえ」

「へえ。おれもいっぺんくれえは入ってもいいかなと思ってたんだけど、なかなか狐がだましてくれねえんでな」

「だまされなくても入ればいいだろうが」

音吉がそう言うと、喜助は面白そうに笑った。

「ここらあたりからだまされたのかな、という境目はねえのかい？」

「なかったね」

それは本当になかったのだ。だが、狐が人間の女に見えたのだから、そのときはすでに、狐の術中にはまっていたのだろう。

「いい女だったんだろ？」

「まあな」

「どんな感じ？」

「おみねちゃんに似てたんだよ」

「ほんとかい？」

「ああ。とくに、笑顔がそっくりだった。だから、おれもだまされたんだ」

「そりゃ、だまされるかもな」

「だろ？」

おみねの笑顔を知っている者なら、わかってくれるはずだった。

「おみねちゃん、幸せかね。いま……」

と、喜助がつぶやくように言った。

「どうだろうな」

嫁に行くので根岸を出てからもう一年ほど経《た》つ。

「かわいい顔して、したたかなところもあったよな」

「ああ。だって、ここらの男七、八人がおみねちゃんは自分に気があるって思っていたんだからな」

音吉はなつかしげにそう言った。いい思い出なのか、嫌な思い出なのかわからなくなってくる。

「まさに八方美人てやつだったんだろうが」

「そうだな」

「それでいつの間にか日本橋の大店《おおだな》の若旦那を引っかけて玉の輿《こし》」

「あれには驚いたよな」

驚いたというか、音吉は愕然《がくぜん》とした。幼なじみが急に雲の上の人になったようだった。

「でも、あの若旦那、ひどく女癖が悪いんだってよ」

「そうなのか。じゃあ、やっぱり幸せなんかじゃないんだろうよ」

「おみねちゃん、だましたつもりがだまされたんだろ」

「そう、ひどいこと言うなよ」

と、音吉はなじった。いくらふられたとはいえ、ずっと近所で育った懐かしい幼なじみなのだ。

「そうだな。おみねちゃんを悪くは言わねえよ」

「でも、おれはいまでも、狐にだまされたっていうより、なんだか女にだまされたみたいな気がするんだよ」

「へえ」

「女にだまされねえやつは、たぶん狐にもだまされねえんだと思う」

それは本当にそう思う。やっぱり自分はどこか甘ちゃんなのだろう。

「なんか、そんなふうに言われると、からかう気にはなれねえな」

「なあ、喜助。ここだって肥溜かもしれねえんだぜ」

音吉がそういうと、喜助はぎょっとしたような顔をした。

三

つい長っ風呂になってしまった。
飲みに行くという喜助とは湯屋の前で別れ、家に向かって歩き出したとき、
ざーっ。
と、突然、大雨が降ってきた。
秋の冷たい雨である。
「おい、せっかく温まったのに、ついてねえな」
慌《あわ》てて軒先《のきさき》を借りた。
ここはたしか手習いの先生がいたところではなかったか。音吉が行ったのはお寺の

手習いのほうだったが、こっちは裕福な家の子が通っていたような覚えがある。

しばらく雨を眺《なが》めていたら、後ろの窓から女が顔を出した。

「あら」

「あ、どうも、ちょっと軒先を借りてしまいました」

「そんなことはかまいません。どうぞ、ご遠慮なく」

と、やさしげな声で言った。

まだ若い、音吉よりは三つ四つ下、二十二、三というところか。

女はあわてて取り込んだ洗濯物をたたんでいるらしい。音吉はそっちを見ずに、気配に耳を澄ましていた。

軒先に大根が干してある。

女が洗濯物を畳み終えるのを待って、音吉は言った。

「いい沢庵《たくあん》になりそうですね」

「そうなんですよ」

「漬物の季節か」

だんだん寒くなる。

鍛冶屋は火の前で働くので、寒さ知らずだろうなんて言われたりするが、朝、起きたら冷たい水で顔を洗うし、寝るときも火の前で寝るわけではない。

「半月ほど前に漬けたやつがあるので、ちょっと待ってくださいね」

と言って、台所のほうでしばらくかたことさせていたが、

「これ、食べてみてくださいな」

小皿に盛った沢庵を持ってきた。

ほんの三切れほどなので、遠慮なく食べた。

ぽりぽりといい音がする。

「あ、こりゃあ、うまい。こんなので酒を飲んだらうまいでしょうね」

「あ、たまたま、もらいものの酒があるんですよ。よろしかったらお飲みになりませんか？」

とくに色っぽく言ったわけでもない。出入りの職人に、休憩のとき、お茶でも勧めるくらいの調子である。

「いえいえ、とんでもねえ。雨宿りで軒先を借りたのに、酒まで飲ませてもらうなんて」

「そんな大げさなごちそうをするわけじゃありませんよ。沢庵をつまみにちょっと一杯やるだけじゃありませんか」

「いえ、それでもけっこうです」

音吉はきっぱり断わった。

もしかしたら、また、あれかもしれない。

「音吉さんでしょ？」

「え？」

なぜ、名前を知っているのか。しかも、どこかになれなれしい感じもある。

「初めてじゃないですよ、お会いしたのは」

「そうなんですか。近ごろ、引っ越してきたのかと思いました」

「ずっといなくて、最近、もどって来たんです」

「ここ、手習いの先生の家でしたよね」

「ええ。父がやってましたから」

「そうでしたか」

「父と母は事情があって離縁して、あたしは母のほうに行っていたんです。でも、あたし、子どものころ、ここにしばらく住んでいて、音吉さんなんかとも何度か遊んだりしてたんですよ」

「ほんとですか？」

「ほんとよ」

「こんなきれいな人、いたかなあ」

お世辞ではない。

色白で、面長で、しっとりした感じの美人である。

「やあね。音吉さんは、ほかに好きな人がいたから、あたしのことなんかまるで目に入らなかったくせに。なんていったかしら、あの人……」

「おみねちゃん？」

「そうそう、かわいい人でしたよね」

「そうですね」

音吉は女の顔をそっと見た。やはり、おみねとは似ていない。

よかった、と思った。

「亡くなった父は浪人でしたが、刀とか刃物についてはうるさい人で、お宅の前を通っては、あそこの倅はいい鍛冶屋になるぞって言ってたんですよ」

「そいつはどうも」

そんなふうに見ていた人がいるというのはやはり嬉しい。

「ね、軽く一杯だけ、どうぞ」

「じゃあ、昔話のついでに一杯だけごちそうになるか」

と、音吉は玄関のほうから中に入った。

茶碗に冷酒を注《つ》いでくれる。沢庵をかじりながら、ちびちびと飲む。いっきにあおってしまったりしたら、こんなきれいな人と飲む楽しみがたちまち終わってしまう。

「あのう」

「なんです？」

「お名前はなんといいましたかね？」

「おこんです」

「おこん？」

なんだか嫌な予感がする名前である。

「さあ、もう一杯」

「いいのかい？　おれも甘えちゃってるなあ」

「それが幼なじみのいいとこでしょ」

おこんは肩をすくめるみたいにして笑った。

四

「あれ、もうじき雨も上がりそうだ」

音吉は窓の向こうを見て言った。

「あら、そうね」

「まだ仕事が残ってるんですよ」

「そうなんだ。忙しいのね？」

「おかげさまでね」

「でも、身体《からだ》が冷えちゃったんじゃないの？　うちの湯に入って、温まっていったらどう？」

「まただよ」

と、音吉は思わず言った。

「え? またってどういう意味?」

「風呂はけっこうだよ」

音吉はきっぱりと言った。

二度、だまされたらほんとの馬鹿だろう。

そんなことになったら、恥ずかしくてとてもここらは歩けなくなる。

「でも、内風呂があるなんて、いいですね」

「父が風呂好きでしたので。しょっちゅう風呂に行くくらいなら、自分の家につくっちゃえって。でも、風呂釜の具合がいまひとつなんですよ。あまりいい釜じゃなかったのかもしれませんね」

「ちょっと見てあげましょうか?」

風呂釜はやったことがないが、同じ鉄の道具だろう。だいたいはわかる。

「よろしいんですか?」

「それくらい、かまいませんよ」

音吉は立ち上がり、風呂場に行った。

釜は外に出してあり、風呂場の戸を開けて外にまわった。

「どれどれ」

と、釜をのぞく。とくに穴が開いているところもない。わきにあった薪《まき》で叩《たた》いてみるが、割れたような音もしない。

「大丈夫みたいですぜ」

「じゃあ、あたしのくべ方が下手なんですね」

「そんなこともないでしょうが」

「もう水は入ってますので、お手本にちょっと焚《た》いてみせてもらえません？」

「焚くんですか。かまいませんよ。火種は？」

「あ、いま、持ってきます」

おこんが持ってきた小さな炭で木端《こっぱ》に火をつけ、そこから薪に火を移した。火吹き竹で燃え上がらせれば、しっかり火はついている。

「ありがとうございました」

「なあに、これっぱかりのこと」

また、座敷にもどって、残っていた酒を飲んだ。

これで、終わりにしよう。飲み終えたら、さっさと立ち去ってしまおう。

だが、寒けがしてきた。

やっぱり、風呂上がりに雨に濡れたのがまずかったのだ。

「ねえ、音吉さん。なんだか震えてません？」

「ふ、ふ、震えてなんか……いますか？」

「震えてますよ。寒いんでしょ。ほら、やっぱり入って温まんなさいよ」

おこんは熱心に勧めてくれる。

ふと、さっき湯屋で大工の連中が言っていた話を思い出した。女が風呂を勧めたら、いっしょに入ろうと言えばいい、狐だってあんなところには入りたくないんだからと。

それはいい考えだった。

「なあ、おこんちゃん」

「なに？」

「いっしょに入っちゃくれねえよな」

音吉は思い切って言った。

「え？」

「いっしょに入りたいんだよ、おれ」

「いいけど」

ためらいもなく言った。

「いいのかい？」

音吉は驚いた。まさか引き受けてくれるとは……。たとえ狐じゃなくても、断わられると思った。

「音吉さんがそんなに言うんなら」

「おれは別に、嫌らしい気持ちで言うわけじゃないんだぜ」

「じゃあ、どんな気持ちよ？」

「いや、さっき、言われたんだよ。風呂を勧める女がいたら、いっしょに入ろうって言えってね」

「そうなの。じゃあ、お風呂場に行きましょう」

「うん」

音吉はすっかり緊張して、おかしな歩き方になっている。

「着物、脱ぐわ」

「うん」

「音吉さんが見てたら恥ずかしいでしょ。先に入っててよ」

「わかったよ」

音吉はもう嬉しくて、寒けなんかも忘れ、着物を脱いでざぶんと湯に浸かった。

「あ、ああ、いい湯だ」

「そりゃそうよ。自分で沸かした湯なんだから」

「そうだ。これ、おれが沸かした湯なんだ。だったら、だまされるわけないよな」

疑ったりして悪かったなと音吉は思った。

「おこんちゃんか……あんないい子がいるとわかってたら、おれはおみねちゃんには惚《ほ》れなかったかもしれねえな……そうなんだよ。一人の女に夢中になると、ほかはまったく目に入らなくなるんだ。でも、ちょろちょろ他に目をやると、浮気者とか誠実じゃないとか言われるし、難しいもんだよな。男と女は……おこんちゃん、まだですか？」

「いま、長襦袢《ながじゅばん》の帯を解いてるところよ」

「くぅう。帯を解いたらどうなるの。まいったなあ……それでも、なにもないというよりは、たとえだまされてもなにかあったほうがいいよ。なんにもないってえのは寂しいもの。善兵衛さんは吉原に行けなんて言ったけど、吉原じゃこんな幸せは味わえねえだろ……おこんちゃん。まだですか？」

「いま、腰巻の紐《ひも》をね」

「こ、腰巻の紐」

頭がふらふらする。

「それより、お湯は熱くない？」

「ちょうどだよ。熱くもなく、ぬるくもなく」

「身体にいいのも入れたんだけど」

「あ、なんか入ってるなとは思ったんだ。いくらかとろみもあるし」

「とろみ、あります？」

「あるよ」

一度、草津《くさつ》の湯に入ったことがあるが、あそこと似ているかもしれない。

「葉っぱとか浮いてません？」

「あ、浮いてる」

「薬草よ」

「薬草か。薬草にしちゃいい匂いだなあ」

「あら、わかりました？　ちょっと、香木も入れてみたんですよ」

「香木か。いいねえ」

音吉は、あまりの心地よさに思い切り足を伸ばした。

この風呂ってこんなに広かったかと思えるくらい、足がいっぱいに伸びた。

「ああ、いい気持ち……」

「おい、音さん。音吉」

誰かが呼んでいた。

「え？」

「あたしだよ、あたし」

善兵衛の人のよさそうな顔が、上から音吉をのぞき込んでいる。

「善兵衛さん」

「あんた、また入ってるよ。肥溜に」

「あ」

音吉はしばらく声もなかったが、ぐっと眉根《まゆね》に皺《しわ》を寄せ、厳しい表情で縁に手をかけ、這《は》い上がった。

「今日は、あたし一人だから、誰にも言わないよ。もう、からかわれたりはしないから、安心しな」

「気づかい申し訳ねえ」

「それにしても、音さんよ。あんた、二度もだまされてどうするんだい？」

善兵衛はさすがにあきれたように言った。

だが、音吉は打ちのめされてはいない。無理はしているのだろうが、キッと表情を引き締め、

「いや、人間てえのは一度の失敗じゃ鍛えられねえ。これは人間の焼き入れなんだよ」

きっぱりとそう言ったのだった。

第八席　おかめ

一

この日が弥七《やしち》のそば屋の店開きだった。

弥七の歳は三十六。そば屋の修業をする前に絵師をしていた時期があり、店を持つのが遅くなってしまったのだ。

「おい、かめ。ぐずぐずするんじゃねえ。出汁《だし》のかすをそこに置いちゃ駄目だろう。野良犬が寄ってくるだろうが。犬にやりたきゃ、そっちに持って行ってやれ。あの川っぷちのところだ。それとな、卵はここに置くなと言っただろう。うっかりつぶしちまうじゃねえか。あと、もみじおろしにするにんじんがよくねえよ。八百屋《やおや》に文句言っといてくれ。あいつ、甘やかすとつけあがりそうな男だからな。最初から厳しく言わねえと駄目だぜ……」

　文句のタネにきりはない。

「ね、お前さん」

「なんだよ？」

「お前さん。あたしを叱《しか》るのはかまわないよ。あたしにも至らないところはあるし、我慢もする。でも、お客さんには、もうちょっと愛想《あいそ》よくしなくちゃいけないよ」

「愛想？　なんで？」

「なんでじゃないよ。〈砂場《すなば》〉の旦那からも言われたんだよ。弥七はおれが育てた弟子の中ではぴか一だ。あいつが店を持ったら、おれよりうまいそばを食わせるに違いない。だが、弥七の愛想のなさ。あれは商売をする者の態度じゃねえ。おかめ、そこはよぉく頼まねえと駄目だぞって」

「へっ。旦那には世話になったが、そんなことは言われたくねえ。おれは愛想を売るんじゃねえ。そばのうまさを売るんだ」

　それは弥七の信念だった。

じつは、その信念は絵師のときに一度、挫折している。自分の絵は悪くなかった。いや、ほかの弟子たちと比べても、ぜったいにうまいと自負していた。だが、師匠は弥七より腕の悪い弟子を次々に独立させて仕事を紹介したが、弥七はなかなか独立させてもらえなかった。

理由は何度も聞いた。「おめえの絵には愛想がねえ」。それが師匠の言う理由だった。

――ふざけるな。

と、思った。なんで絵まで愛想を言わなきゃならないのか。馬鹿馬鹿しくて泣きたくなった。だが、師匠の言葉は版元の連中にも伝わり、弥七の絵を評する決まり文句のようになった。

二十五のとき、絵師の道を諦《あきら》め、もう一つ、大好きだったそばの道に入ったのだった。

「まあだ、そんなことを言ってるのかい」

かめは眉《まゆ》をひそめた。

「おい、かめ。おめえ、客に愛想なんかよくするんじゃねえぞ」

「笑顔の一つくらいはいいだろ」

「駄目だ。おめえに愛想笑いでもされたら、それで気をよくする野郎はいっぱいいるんだ。面と向かっては言いたくねえが、おめえは……」

小さな声で「器量よしだ」と言った。

「え、なあに？」

「とにかく、愛想をくっつけられると、客はそばの味で来るのか、愛想につられて来るのか、わからなくなるんだ」

「どっちでもいいじゃないか」

「よくねえんだよ。いいな、わかったな」

「わかったよ。客に笑顔を見せなきゃいいんだろ」

そこへ、本日開店の貼り紙につられた客が、「おっ、そば屋ができたのかい」と、入って来た。

「い、いらっしゃいませ」

かめは笑顔もなく、客を迎え入れた。

店を始めて早々に、かめが心配していた喧嘩《けんか》が起きた。

酔っ払って入ってきた客が、弥七の愛想の悪さにぶつぶつ文句を言うと、

「そばの味もわからなくなっているのは客じゃねえ。出てってくれ」

と、襟《えり》を摑《つか》んだ。

「たかがそばのことで、何、気取ってやがるんだ」

「たかがそばだと。おい、ふざけんな。おれは一杯のうまいそばをつくるため、命をかけているんだ」

「大げさなこと言うな」

「なにが大げさだ。おれは朝から晩までそばのことを考えているんだ。飯だって三食、そばしか食わねえ。どこどこにうまいそば屋があると聞けば、かならず行って味を試し、自分の店と比べるんだ。まだ負けたと思ったこともねえや。

自分の舌が衰《おとろ》えたら、うまいまずいもわからなくなる。だからおれは、酒も煙草《たばこ》もやらねえ。夜は四つ（十時）に寝て、朝は日の出とともに起き、身体《からだ》がなまらねえようにに川っぷちを一里ばかり走ってから仕事を始めるんだ。それもこれも客にうまいそばを食わせるためなんだよ」

話を聞くと、たしかに命をかけている。

客はかなり気圧《けお》されたが、

「ちぇっ。そんな大げさなそばなんざ食いたくねえよ」

捨て台詞《ぜりふ》とともに出て行った。


だが、たまには理解を示す客もいるのだ。

「愛想悪いね、この店は」

と、五十代くらいの恰幅《かっぷく》のいいおかみさんが言った。

「うちのが愛想が嫌いで、あたしにも愛想は振りまくなとうるさいんですよ」

「そりゃあ、いいことだねえ」

「いいですか？」

「あたしも愛想笑いというやつが嫌いでね。世の中、上っつらの愛想笑いばっかりじゃない。いいわよ、ご亭主の態度は。あたしも、愛想笑いのない世の中のほうが、よっぽど正直で気持ちがいいって思うよ。じつは、あたしも金貸し稼業でずいぶん店を大きくしたけど、愛想なんて振りまいたことはないよ。それでも店は大きくなったんだ」

たりする。
「ご亭主に頑張ってくれと伝えて」
ただ、こういう理解のある客に限って、遠くから来てたまたま立ち寄っただけだっ
「はあ」

店を始めて半年ほど経《た》ったころ――。

「おかめさん」

「あら、おさださん」

前の〈砂場〉で働いていたかめの同僚が訪ねてきた。

「お店、流行《はや》って……ないね？」

おさだは遠慮がちに言った。昼どきなのにがらがらである。

「ぜんぜん、駄目。あの人がもうすこし愛想よくしてくれたら客もいつくと思うんだけど、なんせあの調子だから」

「そっちに別のそば屋ができてるね」

じつは、おさだはさっき間違ってそっちの店に入ってしまったのである。凄《すご》い混雑

で喜んだが、よく見たら調理場にいたのは別の男だった。

「うん。最近、できたの。あっちは亭主もおかみさんも愛想がいい。店の中はいろいろ飾り立ててあるし、品書きもご飯物とかうどんとか、いろいろあるのよ。うちはそばだけで、しかも種ものの数も少ないだろ。じつはね、あたしもそっと食べに行ってみたんだよ」

「どうだった？」

「そばだってまずくないし、居心地もいいわよ。あたしが客でもこっちのそば屋に通うよね、と思った」

かめはそう言って、われながら情けなかった。

二

おさだから聞いたのだろう。前の店のあるじで、弥七のそばの師匠でもある上野の〈砂場〉のあるじが訪ねてきたのは、それから十日ほどしてからだった。

「おい、おかめ、ひさしぶりだな」

「あ、旦那さん。お前さん、砂場の旦那さんだよ」

「あ、これは、旦那。ご無沙汰してます」

調理場から弥七が出てきて頭を下げた。

「痩《や》せたな？」

弥七の顔を見るとすぐに、砂場の旦那は言った。

「そうですか。自分じゃよくわからねえんで。よかったら、昼飯を」

「うん。もらおう」

「へい。なにを？」

「もりを頼む」

もりを食べれば、このそば屋の味はすぐにわかる。

砂場の旦那は一口のつもりがつい、ぜんぶ平らげた。

「うまい。おれんところよりうまい」

「ありがとうございます」

「だがな、弥七、この店はつぶれるぜ」

「え？」

「いま、なんどきだよ。昼飯どきだってのにこの客の入りだ。これじゃああと半年だってもたねえよ」

「………」

弥七も返す言葉はない。

いま、客の入りは日にせいぜい十人。それもほとんどが通りすがりの客で、近所のひいきはほんの一握りくらいしかいない。

「まだ愛想は嫌だなんてぬかしてるのか？」

「嫌なものは嫌なんですよ」

弥七はうつむいて言った。

「愛想ってのは、そんなに悪いことか。え？　かっぱらいだの、詐欺《さぎ》だの、人殺しと同じように悪いことなのか？」

「いや、そこまでは言いませんが、そば屋にとっては無駄なものじゃねえですか」

「無駄なものかい」

「少なくともおれのそば屋は、純粋なそばの味だけで勝負したいと思っているんです」

弥七はそう言った。もう自分の信念は梃子《てこ》でも動かない。

砂場の旦那はそんな弥七を見つめ、

「弥七、おれは一枚だけだが、昔おめえが絵師だったころに描いた絵を見たことがあるんだ」

「そうなんで……」

「おれの知り合いに版元をしている男がいて、その人から見せてもらったよ。それは美人画だった。なんとなく、おかめに似た顔立ちで、寂しそうに川っぷちに立っているところの絵だったよ」

「別にかめを描いたんじゃありませんぜ。だいいち、あのころはかめとも知り合ってなかったし」

「ああ、そんなことはどうでもいい。おれが言いたいのは別のことだ。なんでも、おめえの絵には愛想がねえって評判だったらしいな」

「そうみたいです」

「技は素晴らしかったと、版元もそれは認めていたよ。景色を描かせたら、本物みてえにうまく描いたんだってな」

「そう言ってましたか」

弥七は嬉《うれ》しくて、つい笑みがこぼれた。

「でもよ、じっさい景色なんざそこらにいくらでも転がっているだろうが。きれいな女もいっぱい町を歩いているだろうが。描かれる絵ってのは、じっさいの景色や女よりも、きれいだったり、いい心持ちになったりするから、わざわざ金を出して買うんだろ？」

「え……」

「いま、おめえのそば屋が流行らねえのは、おめえの絵が売れずじまいに終わったのと、たぶんいっしょだぜ」

「絵とそばがですか？」

弥七は不服そうに訊《き》いた。

「ああ、いっしょだ。そりゃあ、おめえのそばは、余計なものは混ざっちゃいねえ。そば本来のうまさが堪能《たんのう》できる。だが、ふつうの客はそば本来のうまさなんざ、たいして求めちゃいねえ。あるいは、それだけだったらすぐに飽《あ》きちまう。そば本来のうまさに、ほかのものも加えなくちゃならねえ」

「………」

「それは種ものうまさかもしれねえ。だが、おめえのところに種ものはなにがある？」

と、砂場の旦那は壁の品書きを指差した。

「かけともりのほかは、月見そば、花巻そば、天ぷらそば、これだけだ」

「充分だと思いますが」

「充分じゃねえ。玉子を使うんだったら、なんで玉子とじそばも入れねえんだ。にらも入れてにらと玉子のとじそばだってできるだろう？」

「ああ、そうですね」

「天ぷらは芝海老《えび》だけか？」

「ええ、まあ」

「三ツ葉を入れたかきあげの天ぷらを載せて食ったってうまいだろうが。しかも、それで飯を食ったってうまいもんだ。おめえ、よく、調理場でそうやって食ってたじゃねえか。あれは、まずかったのか？」

「いや、うまかったです」

「でも、ここは飯も出さねえ。腹減った職人なんか、よく、月見そばと飯を頼んでいたのは忘れたのか？　そういう品書きをつくると、愛想になっちまうのか？」

「いや、まあ」

「南蛮《なんばん》だって、おめえはつくれるだろうが。寒いときにはうめえもんだ。鴨《かも》南蛮、かしわ南蛮。だが、この店じゃ、食うことはできねえ」

「じゃあ、そこらは増やしてみます」

「薬味だって少ねえよ。ネギと大根おろしともみじおろし。これだけだ。七味くらい置けよ。辛くして食われるのが気に入らねえって、おめえはおれのところにいるときから言ってたよな。だが、そんなのは人の好きずきだろうよ」

「じゃあ、それも増やします」

「だが、品書きだけのことじゃねえよ。いちばんの問題はおめえの愛想のなさだ。食わしてやっているみてえな、偉そうな態度だ。大きな声では言えねえが……」

　砂場の旦那は店と入口の外を見て、

「おめえは侍《さむらい》か？　え？　ただ、りゃんこを差してるってだけで、偉そうなつらして歩いている侍か？　刀の代わりにそばをぶら下げてるだけだろうが。侍のやってるそば屋なんかに誰が入りてえんだ？　え？　そこをほんとに考えてみろよ。おめえは、侍のそば屋に入りてえのか？」

弥七はじっと考え、顔を上げて言った。

「入りたくありませんよ。あんな偉そうなつらして、刀で人を脅《おど》かしておいてから、わしは武士だなんて威張《いば》りくさって……。あんなもののそば屋になんざ、誰が入りてえもんですか。あったら、唾《つば》でもかけて通り過ぎますよ」

砂場の旦那が帰って行くと、弥七はしばらくじいっとしていたが、

「旦那の言う通りだよな」

と、かめに言った。

かめは旦那の説教を陰でずっと聞いていたのだ。

「お前さん」

「わかった、おれが悪かったよ。ほんとに愛想も大事だ。客は笑顔で迎えなくちゃならねえ。ちょっと笑ってみるか」

弥七は、かめに向かって笑顔を見せた。

「あれ？」

うまく笑えないのだ。

「難しいな」

「たかが笑うことがかい？」

「だったら、お前が教えてくれよ」

「こ、こうだよ」

かめも笑った。だが、顔が引きつっているのが自分でもわかる。

「それ？」

「駄目？」

「なんか、目が笑ってねえから、いまから詐欺でもやろうかっていう笑いだぜ」

「あ、あたしもうまく笑えなくなっちまった。どうしよう？」

かめは自分でも驚き、この前来てくれたおさだに相談しに行った。

「うまく笑えないって？」

「そうなんだよ」

「へえ、そんなこともあるんだね。笑顔なんか、生まれたばかりの赤ん坊だってやれるじゃないの」

「でも、それをずっと我慢したりしてると、できなくなっちまうんだよ」

「そうかもしれないね」

「どうしよう、おさださん？」

「じゃあ、いい人、紹介するよ」

「誰？」

「笑顔を指南する師匠がいるんだよ」

かめもそれは初耳だった。

三

三日後──。

砂場のおさだから言われたと、その男は店にやって来た。

「笑福亭莞爾《しょうふくていにっこり》と申しますんで」

「なんだか噺家《はなしか》さんみたいな名前だね」

かめは言った。

「ええ。元は噺家だったんですが、売れないのでこの商売を始めました」

「なんだい、噺家で売れなかったんじゃ心配だね」

「いやいや、そのときも笑顔は評判だったんです。おめえは最初に笑顔で高座に出ていって、枕あたりまでは客も笑ってくれるのに、いざ、本題の噺を始めると皆、がっかりしてるって、師匠からもそう言われましてね」

「あらあら」

「でも、お客の印象はよかったんです。だから、その当時から、大店《おおだな》の旦那あたりから高座に声をかけられました。お前は噺家をやめて、うちの番頭になれって」

「そうなのかい。でも、番頭ならわかるけど、笑顔指南なんて商売になるのかい？」

「それが、けっこう呼ばれるんですよ。安心していいですよ。世の中、うまく笑えなくて困っているというのはこちらだけじゃないんです。いっぱいいるんですから」

「あら、そう」

かめは少し安心した。

「これから大店を狙《ねら》う中堅どころで、手代たちに儲《もう》かる笑顔を教えてやってくれっていう依頼はひっきりなしですよ」

「なるほどね」

「じゃあ、さっそくやってみましょうか？　まず、おかみさんのほうですが、おきれいなお顔立ちなんですから、正面を向いて、いらっしゃいませ、と」

「こうですか？　いらっしゃいませ」

「そりゃあ、笑顔じゃないでしょう。引きつり」

「はあ、いらっしゃいませ」

「もっと、気持ちをこめて」

「なんせ、この半年、笑ったことがなかったもんで」

「いや、それは半年だけという引きつり具合じゃないですね。十年以上は笑顔を使っていない引きつり具合です」

「あ、そうかもしれない」

砂場にいたときも、笑顔のほうはおさだにまかせて、かめはもっぱら運ぶのと、どんぶりなどを洗うほうにまわっていた。

その前、実家にいるときも、酒飲みの父が怖くて、笑ったりした記憶はあまりない。

「じゃ、ちょっと、顔を指先でゆっくりほぐしてみてください。凝《こ》っていそうなところは、ゆっくり回すようにしてね……」

そう言って、笑福亭莞爾は弥七のほうを見た。

弥七は、かめに輪をかけた硬い顔をしている。

「それでご主人のほうですが、ご主人のほうは、べたべたした愛想笑いは要りません。あまりにこにこしていると、逆に、おめえは噺家かよとか言われてしまいます。爽《さわ》やかな笑顔をちらりと見せてください」

「爽やかな笑顔ね」

「その調理場のところからお客を見ますよね。それで、柱のわきからちらっと顔をのぞかせましてね、いらっしゃい、と」

笑顔指南の師匠はさすがという笑みを見せた。

「え、こうかい？　いらっしゃい」

笑いがちがちに硬い。

「はい。もっと、口の端《はし》を上げるようにして」

「ううう」

口の端が上がらない。

「あらあ、歯も汚れてますね。もっと白くしてください」

「歯を白くする？」

そんなことができるのだろうか。

「歯磨きは毎朝だけじゃ駄目ですよ。毎晩、いや、飯ごとに磨いてください」

「そんなにのべつかよ」

「白いものを食べるのもいいみたいですよ。卵の殻《から》を細かく砕《くだ》いて、山芋をすったやつに混ぜて食うのもいいみたいです。ええ、じつはわたしもやっているんですよ」

師匠はそう言って、眩《まぶ》しいくらいに輝く歯を見せた。

卵の殻なら、種ものに使ったのが、ただゴミになっている。山芋も、とろろそばを出すようにしたので仕入れてある。

それもやってみようと弥七は思った。

「では、もっと自然に笑ってみましょうか」

「こう？」

笑いになっていないのは自分でもわかる。

「いやいや、もう、こうです」

　確かに愛想のいい笑いである。

「ううむ……面白くもねえのに笑うのは難しいな」

「あ、そんなときはですね、面白いことを自分で言ってみるんですよ。隣の空き地に塀《へい》ができたってね。へえ……ぷっ。ね、思わず噴いちゃうでしょ。この笑いをそのままお客さんに向けるんです。こう」

「…………」

「隣の空き地に囲いができたってね、かっこいい……ぷっ……こう向ける」

「…………」

　弥七は、この男の嫌な調子のよさにうんざりしてきて、小声でかめに言った。

「おい、おれは駄目だ。また、愛想というのが嫌いになっちまいそうだ」

四

「そば屋やめようか」

笑顔の師匠を帰したあと、かめはぽつりと言った。

「え？」

「食べていけない店なんかやってたって仕方ないし、もう貯《たくわ》えも底をつくし。あたしは、また裁縫の仕事でももらって、あんたも棒手振《ぼてふ》りでも、あさりの殻剝《からむ》きでも始めたらいいさね」

「…………」

「あんたに文句を言いながら、あたしだって硬い笑いしか浮かべられないんだもの。わかったよ、あたしだって偏屈《へんくつ》なんだ。苦労が染みついているだけじゃない。もともと性根ってものが偏屈だったんだ。そうでなきゃ、あんたみたいな男とはいっしょにならないよ。甘い言葉も、お世辞の一つも言ってくれない男に惚《ほ》れちまった。ふつうの女は惚れない。よっぽどの偏屈女なんだよ」

「…………」

いつの間にか陽が落ちていた。

上野の刻《とき》の鐘が暮れ六つ（午後六時）を告げている。

「お腹空《なかす》いたね」

「ああ、そばでも食うか」

弥七は力なく立ち上がった。

「あったかいのがいい」

「わかったよ」

手ぎわよくそばを茹《ゆ》で、つゆだけかけたどんぶりをかめの前に置いた。

「ほらよ。好きなの載せるがいいや」

晩のおかずのために買っておいたものもある。湯葉もあれば、三つ葉も海苔《のり》もある。試しに使ってみようと思っていたマツタケの薄切りもあった。

かめはそれらを適当につまんで載せているうち、

「ん……あれ……お前さん。ちょっと待っておくれ……マツタケの薄切りが鼻みたいだ」

「ああ、そうだな」

「ほら、こうやって目を置くんだ。それで、目をちょっと垂れ目がちにするのさ」

「ふうん」

「それで、こんなふうに三つ葉を髪みたいにするだろ。それで、いいかい、いちばん肝心なのは口だよ。かまぼこを切ったのがいいよ。口はこうして逆さまに置くのさ。どうだい、お前さん?」

「……笑ってるよ」

「笑ってるだろ?」

どんぶりのなかで、人の顔に見立てられた具が、確かに笑っているではないか。

「これは、いい笑いだよ」

弥七も認めた。

「ねえ、これ、お客さんに出してみようよ」

「客に?」

「あたしらのかわりにそばが笑ってくれるよ。愛想を言ってくれるよ」

「ああ、そりゃあかまわねえが、品書きをなんて書くんだ?」

「なんてしよう? 福笑いみたいだから、福そば?」

「福だったら、お多福のほうが……いや、これはおめえが考えたんだ。おかめそばだ、それにしよう」

というので、これを次の日から、品書きに加えてみた。

「おかめそば？　なんだ、そりゃ。食ったことねえぜ」

「ぜひ、召し上がってみてくださいよ。具もたくさん載って、お得なそばですから」

「じゃあ、そいつをもらおうか」

「はい、お待ちどおさま」

「おっ、これがおかめそばか……笑ってるじゃねえか」

客も思わず噴き出した。

「ええ。愛想のいいそばなんです」

「愛想もいいし、縁起もいいよ。嬉しいね。これでうまけりゃ最高……おっと、そばと湯葉ってのは合うもんだね……マツタケの香りもいいよね……なんか、顔崩《くず》すの勿体《もったい》ないみたいだ……かまぼこも……うまいよ。こりゃあ、うまい！」

「ありがとうございます」

かめの声がはずんだ。

このそばが評判に評判を呼び、たちまち下谷《したや》の名物として江戸中に知られるようになった。もちろん、店は毎日、列をつくるほどの繁盛《はんじょう》ぶり。そのうち、笑わなかった弥七やかめにも自然な笑みが浮かぶようになったというから現金なものである。

ころは幕末――。

江戸の下谷七軒町《しちけんちょう》のそば屋〈太田庵《おおたあん》〉で生まれたという「おかめそば」由来の一席である。

第九席　たぬき芸者

一

江戸の北のはずれにある道灌山《どうかんやま》は、月の名所として知られ、虫のすだくころともなれば風流を好む人たちで賑《にぎ》わった。

その道灌山の一角にある小さな料亭である。「豆腐料理」と看板が出ている。

いまは、秋もだいぶ深まって、木々の葉も落ち、虫の音も途絶えた。料亭の客も、一晩にひと組ふた組あるかといったくらいになっている。

先ほど、ひと組だけいた客も帰り、今晩は早めに店を閉めようかというとき、

「おい、開いてるかい」

と、威勢のいい声が飛び込んで来た。

「はい。やっております。どうぞ、いらっしゃいませ」

板前も兼ねたあるじが玄関に出て、丁重に客を迎えた。

男の二人づれ。ちょいと白髪《しらが》まじりの、身なりも整った男たちで、なかなか景気もよさそうである。

「今日は昼から王子《おうじ》で飲んで、上野の黒門町《くろもんちょう》まで帰ろうってところなんだが、もうちょい飲んでいきたくなっちまった」

「さようですか。どうぞ、どうぞ、奥の間が空いておりますす。お進みくださいまし」

「うん。おれは黒門町で大工の棟梁《とうりょう》をしている鉄蔵《てつぞう》ってもんだ。それで、こっちは幼なじみで左官の釘次郎《くぎじろう》ってんだ。よろしくな」

「さようでございますか。あたしはこの料亭〈茂作《もさく》〉のあるじで、そのまま名前も茂作と申します」

「なんでえ、名前も屋号もいっしょかい。ずぼらをしちゃいけねえな」

「どうも、恐れ入ります」

「豆腐料理だって?」

「はい。ここらはいい水が湧《わ》きますので、おいしい豆腐ができるんですよ」

「豆腐は大好きだよ。あんかけ豆腐はあるかい？」

「もちろんでございます」

「がんもどきは？」

「ございます」

「あぶらげも？」

「はい」

「じゃあ、定番のところを一通りな。酒はとりあえず四本ばかり持ってきておくれ」

「かしこまりました」

「それと、王子じゃ男同士でくっちゃべってばかりいたんで、話も尽きちまった。芸者の唄を聞きてえんだが、呼べるかい？」

「芸者？　え、はい。こんなひなびたところですが、これが意外にかわいい子がいたりして、驚かれるんでございます」

茂作は調子のいいことを言った。ただし、それは大勢の行楽客で賑わう月見のころの話である。いまどきとなると、ここらの芸者は皆、浅草《あさくさ》だの両国《りょうごく》だのに出稼ぎに行ってしまっている。

茂作も、いささか気が咎《とが》めたが、板場にもどると、女房に向かって言った。

「おい、裏の年増芸者、馬奴《うまやっこ》、あれを呼んできてくれよ」

「お前さん、あれは駄目だよ。あの人を呼ぶと、怒るお客さんもいるよ。ろくな芸もできねえくせに、人の三倍も飲み食いするって。あんなのが来るくらいなら、本物の馬を連れて来てもらったほうがましだって」

「しょうがねえだろう、この際」

亭主に言われ、女房は大急ぎで出て行き、息を切らしてもどって来たが、

「行ってきたよ。馬奴は駄目だよ。昨夜《ゆうべ》、さつまいもを食べすぎて、腹こわじて寝てるんだと」

「芸者がさつまいも食いすぎるなっちゅうの。弱ったな、おい。呼ぶって言っちまったんだ。おい、おめえ、急いで白粉《おしろい》べったり塗って、にわか芸者になってくれ」

「馬鹿言ってんじゃないよ。あたしゃ、もう七十三だよ」

「それくらいの芸者はいくらもいるよ。白粉を水で練って、皺《しわ》をつぶすように塗り込めばどうにかなるって」

「でも、三味線《しゃみせん》も弾けないし、なんの芸もないよ」

「おめえ、盆踊り、踊っただろうが」

「馬鹿をお言いでないよ。客の前で盆踊りなんか踊ったら、張り倒されるよ」

女房は泣きそうな顔で首を横に振った。

「おーい、芸者はまだか？」

奥の部屋で客が催促《さいそく》している。

「はーい、少々、お待ちください。弱ったねえ」

と、そのとき——。

板場の外を小さな影が横切った。

小さな狸《たぬき》だった。このところ、よく顔を出すので、店の残りものをやったりしているうち、なついてしまったらしい。

「おい、お前、いつも餌《えさ》をやってんだから、こっちが困っているときには助けてもらえないかね。ちょいとかわいい芸者に化けて、奥の間に行って欲しいんだがな」

するると、驚いたことに狸は、

「あたいでよければ」

と、うなずいたではないか。

いまでこそ狸や狐《きつね》は化けなくなってしまったが、江戸時代は化けたのである。狼《おおかみ》や朱鷺《とき》がいなくなり、蛍やカワウソが数を減らすとともに、狸や狐は化けなくなってしまった。文明が進んだのか、単に世のなかがせちがらくなったのか。

「ほんとうかい。嬉《うれ》しいねえ」

茂作の顔がほころんだ。

「おじさんは、このあいだ、狸汁の注文があったときも、あたいがうろうろしていたにもかかわらず、注文を断わってくれました。あのとき、あたいは、もう鍋のなかに浮かばなくちゃいけないのかと、覚悟を決めたくらいだったのです」

「ああ、四、五日前のことだろ。あたしは若いときから板前をしていて、ずいぶん魚だの鳥だのをさばいてきたのさ。でも、歳をとったら、生きものの命を奪うのがつらくなってきたんだよ」

「そうなんですか。それは、あたいたち狸にとっては、ありがたいお気持ちですよ」

「ただ、近ごろじゃ、草だの木の実だのまで生きもののように感じるんだよ。そうしたら、豆腐をつくる豆でさえ、つぶすのがかわいそうに思えてきちゃって」

「それじゃあ、食べさせるものがなくなりますよ」

「うん。だから、あたしもこの店を、かすみを食べさせる料亭にしようかと」

「そこまでのことはあたいには」

狸は困った顔をした。

「ま、それはこの際、わきに置いといて、とりあえずは目の前の危機をなんとかしなくちゃ。さ、芸者に化けておくれ」

茂作は手を合わせて頼んだ。

「でも、あたい、まだ化けるのが上手じゃないんですよ」

狸は心細げに言った。

「芸者は難しいかい？　そうでもないだろう」

「芸者ってどういう人でしたっけ？　あ、こんな人かな。くるりんぱっ」

白い髭《ひげ》で筒袖《つつそで》、薬箱を持った爺《じい》さんが現われた。

「おっと、そりゃ、お医者だよ。違うんだ、芸者だよ」

「こっちですか？　くるりんぱっ」

黒装束《くろしょうぞく》で手裏剣《しゅりけん》を構えた男が立っている。

「そりゃ忍者だよ。わかんないかなあ、きれいな女の人だよ」

「あ、女の人ですか。くるりんぱっ」

なんと裸の女が現われたではないか。

「おいおい、裸はまずいよ。それは今度、あたしと二人っきりのときに」

「この爺《じじ》い。なに、にたにたしてるんだよ」

茂作のわき腹をつねりながら、女房が文句を言った。

「ほら、よくいるだろ? きれいなおべべを着て、ちゃらちゃらして」

「ああ、はい。こんな女の人ですね? くるりんぱっ」

「うん。だんだん近づいてきたよ。それで三味線かなんか持ってさ」

「ええいっ」

狸は大きく宙返りして着地した。

「おっ、それだよ、それ。かわいいじゃないか」

二

奥の間で、鉄蔵と釘次郎が苛々《いらいら》しはじめていた。

「遅《おせ》えなあ」

「まったくだ。もう、かれこれ四半刻《しはんとき》（約三十分）は経つぜ」

「なにをしていやがるのか」

「店選びをしくじったかな」

二人は部屋の中を見回した。

「この絵の趣味もひどいねえ」

釘次郎が床の間の掛け軸を指差した。

「ほんとだ。なんだよ、これ？　豆腐とがんもどきの絵って。しかも、わきに豆腐とがんもどきって書いてあるから察しがつくけど、書いてなかったら、四角と丸の絵だぜ」

「こんな掛け軸、かっぱらって逃げても、骨董屋《こっとうや》には売れねえな」

「料理もぱっとしねえしな」

鉄蔵はすでに運ばれてきていた料理に対して、文句をつけるように箸《はし》でつついて、

「あんかけ豆腐は、あんの味が決め手なんだが、こいつはちっとしょっぱすぎるぜ」

「田舎臭《くさ》い味なんだな。上品な味わいてえのがわからねえんだよ、ここらの客は」

釘次郎は鼻で笑った。

「しかも、釘次郎、見てみろよ。豆腐の色も真っ白じゃねえぜ、ちっと黒みがかっちゃいねえか？」

「ああ、黒いね」

「色黒豆腐は駄目だよ。どうすりゃ色の黒い豆腐なんかつくれるんだ？　そっちのほうが不思議だぜ」

「おそらくだな、まず、豆についた土をよく落としてねえんだな。それから、つくっているとき、お天道《てんと》さまに当てすぎてるんだ。そして、最後に白粉の仕上げを怠《おこた》っているに違《ちげ》えねえ」

「おい、釘次郎、豆腐って最後、白粉塗ってるのか？」

「じゃねえかと思うんだ、こいつを見ていると」

「そうだな」

「場末の料亭だからな」

「しょうがねえよ。こういう店のほうが逃げるのにも楽なんだ。庭に出たら、あとは一目散で逃げればいいんだから」

そう言って、鉄蔵は障子を開け、外を眺めた。

ススキが夜風になびいている。高台にあるので見晴らしはいいのだろうが、稲刈りの終わった田んぼが、一面、暗い海のように広がっているだけで、人家の明かりもほとんど見えない。

このあいだまでは風流だと称《たた》えられた景色が、いまはひたすら単調で、侘《わ》びしさばかりを感じさせている。

「どうせ食い逃げするなら、〈八百善《やおぜん》〉とか〈百川《ももかわ》〉だとか、ああいう一流の料亭でやってみたいんだけど、なんか気後《きおく》れしちまうんだよな」

鉄蔵はちょっと気弱そうな顔になった。

「ああ。なぜか三流どころでやっちまうんだよ」

「そりゃあ、食い逃げなんかするほうも三流だからだよ」

「やっぱりそうか。情けないよなあ」

「なあ、釘次郎。おれたちはこうやって人をだましだまし、この先もずっと生きていくのかね」

「たぶんな」

「だますって才能に恵まれているんだったら、もうちっと楽しく人をだませねえもんかなとか思ったりするんだよ」

「楽しくだますなんてのがあるのかよ」

「あるよ。芝居なんてそうだろうよ。戯作《げさく》もそうだ。ありもしねえ話で人を楽しくさせてるだろうよ」

「まあな」

「それを思うと、ときどき自分が嫌になったりするのさ」

「鉄蔵兄《あに》いは根が真面目《まじめ》すぎるんだよ」

「それに釘次郎よ、食い逃げってのも、いいことだけとは限らねえよな」

「そうか？」

「だって、必死で走って逃げなくちゃならねえだろ。せっかく酔っ払っていい気持ちになっても、そこで走ったりするから気持ちが悪くなって吐《は》いたりしちまうじゃねえか」

「まあな」

「ごちそうだっていっしょだよ」

「うん」

「すると、結局、腹にはなにも残らねえ。しかも、走った分、次の朝なんか腹がぺこぺこになってるんだ。なんだか、食い逃げするたび腹を空《す》かして、痩《や》せ細っていくような気がするぜ」

「だから、兄い、それは江戸の賑やかなところで食い逃げをするからなんだ。こんな場末のうら寂しいところだったら、すぐに闇にまぎれることができる。追いかけてくる連中もそうはいない。酔いも残っているし、腹もふくれたままだ」

「それならいいんだけどな」

　釘次郎はうなずき、

「それにしても、侘びしい店だよなあ」

「そうだな」

「でも、豆腐料理ってのはいいよ。このあいだやったのは、なんてったっけ、あれ?」

「ももんじ屋だろ」

「まいったよな。一口食ったら、もう逃げ出しちまった」

「ああ、思い出させねえでくれ」

二人はしばらく喉《のど》のあたりを撫《な》でさすっていたが、

「遅いぞ、こら」

「芸者はまだか!」

板場のほうに向けて怒鳴《どな》った。

三

鉄蔵と釘次郎が怒鳴るのと同時に、襖《ふすま》が開いて、

「今晩は」

若い芸者が入ってきた。

「お、やっと来たかい」

「待ちかねたよ。ん……」

芸者の顔を見て、鉄蔵と釘次郎は目を丸くした。

「おい、あるじの言ったことは嘘《うそ》じゃねえよ」

「ほんとだ、かわいいねえ」

狸の芸者がどんな顔かというと、まず輪郭《りんかく》は真ん丸。江戸はうりざね顔が美人の基準とされるが、若い娘はむしろ丸顔のほうが可愛い。頰《ほお》に張りがあって、それを突いてみたくなるくらい。

加えて目も真ん丸。江戸は切れ長の目が美人の基準だが、目が澄んでいるから、丸い大きな目も切れ長に負けないくらい魅力がある。この目でまっすぐに見つめられたら、心が洗われるような気になってくる。

「いくつだい？」

「いくつ？」

歳を訊《き》かれると、芸者はなんのことかわからないという顔をした。

鉄蔵は声をひそめ、

「おい、釘次郎。歳もわからねえ娘みたいだぞ」

「いろいろ育ちが複雑なのかもしれねえ。あんまり突っ込んじゃ駄目だよ」

釘次郎は鉄蔵をたしなめ、

「生まれてからどれくらいってことだよ。わかるかい？」

と、やさしく訊いた。

「まだ、む……つき？」

「六月ってこたぁねえだろう。十六ってとこかな」

「そう、あたい、十六」

「いいねえ、若いねえ」

からかうようなことを言うと、目がくるくるっと回って、困ったような顔になる。

それがなんともかわいらしい。

「あたい、まだ新こめなんですよ」

「お、新こめときたかい」

鉄蔵は楽しそうに笑った。間違いを正すなんて野暮なことはしない。

「お客さんの前に出るのは、今日が初めてなんですよ。それで緊張しちゃって」

「今日が初めて！　そいつは記念すべき日に当たったたんだな」

「はい」

「じゃ、まあ、一杯飲んで、気を落ちつかせて。酒は飲めるんだろ？」

「はい。お酒はおとっつぁんの飲んでるのを、わきからときどきいただいたりしてました」

「ああ、なるほど。じゃあ、くいっと」

鉄蔵は、狸の芸者に注いでやった。

「では、いただきます」

盃をすうっと飲み干した。

「お、いけるじゃないか。つづけていきな。駆けつけ三杯ってんだぜ」

「あたいだけじゃ困りますよ。お客さんも飲んでくれないと」

「そうか。じゃ、おれたちはこんな盃じゃまどろっこしい。そこの茶碗でいこう」

「よし。今日は飲むぞ」

二人は凄《すご》い勢いで飲みはじめた。

「ところで、名前はなんていうんだい？」

鉄蔵が訊いた。

「あ、名前ですか」

狸の芸者は焦《あせ》った。そんなことはなにも打ち合わせず、いきなり出てきてしまった。

「なんにしましょうか？」

「そうだよな。今日が初めてだから、名前もなかったわけか」

「お客さんがつけてください」

「おれたちがかい？　そうだなあ……丸くて、愛嬌《あいきょう》のある顔立ちだから、ぽん太《た》ってのはどうだい？」

「ぽん太！」

「怒ったかい？」

「いいえ。すごく気に入りました」

「ぽん太が嫌なら、ぽこ丸《まる》でもいいぜ」

「ぽこ丸！　そんなのは嫌ですよ、ぽん」

と、怒ってそっぽを向いた。

「ぽんだって言いやがる。ぷんじゃなくて、ぽんだよ。かわいいねえ」

　鉄蔵と釘次郎がすっかり機嫌を直したところで、豆腐料理がいくつか運ばれてきた。石焼き豆腐、飛竜頭《ひりょうず》、蜆《しじみ》もどき……など。『豆腐百珍』などという本があるくらい、豆腐料理は奥が深いのだ。

　それらを食べ、酒を飲みながら、

「ぽん太がきてくれたら、さっきはたいしたことないと思ったここの料理もおいしく思えてきたよ」

　と、鉄蔵は言った。

「あら、ここのおじさんのつくる料理はおいしいですよ。あたいはいつも、残りものばかりもらっていたけど」

「残りもの？　餌じゃあるまいし、そんなことしてるのか。とんでもねえやつだ」

「あら、おじさん、いい人よ」

「そろそろ、ぽん太に唄なんか聞かせてもらいたいねえ」

　釘次郎がだいぶ酔った口調で言った。

「だから、新こめで、あんまり唄を覚えていないんですよ」

「覚えているやつでいいよ。なんかあるだろ」

「うーん、なんかあったかなあ。あ、これはどうかな」

と、かわいい声で唄い出した。

かちかち山の狸さん
乗ってみたらば　泥の舟
ぶくぶく溺《おぼ》れて　死んじゃった

ところが、唄い終えるとすぐ、ぽん太は、

「あーん、おとっつぁーん」

と、泣いてしまったではないか。

二人は慌《あわ》てて、ぽん太をなぐさめた。

「おい、ぽん太のおとっつぁん、死んじゃったのかい？」

「そうなんです。だまされて、泥の舟に乗せられて」

「それじゃ狸だよ」

「でも、あんまりかわいそうで」

着物の袖を目にあてて泣くしぐさも可憐《かれん》である。

「思い出させちゃったか。そりゃあ悪いことしたなあ」

「おい、釘次郎。おめえ、かわりに何か唄って聞かせろよ」

鉄蔵が釘次郎をうながした。

四

「突然、唄えと言われると、迷っちゃうね」

釘次郎は腕組みして考えた。

「そうでしょ」

「かんかんのうを踊っちゃおうか」

「あ、いま、大流行の。あたいも覚えたいんですよ」

「でも、ただ、かんかんのうを踊るってのも芸がないね。じゃあ、こんなのはどうだい？　人間が狐に化かされて、かんかんのうを唄い踊るところってのは」

「人間が狐にだまされて……」

ぽん太は、内心、見破られたのかとひやりとした。

だが、釘次郎には他意はなさそうである。

「はい。面白そうですね。ぜひ、お願いします」

と、釘次郎をけしかけた。

「よっしゃ」

ぽん太に喜んでもらおうと、釘次郎は立ち上がって、ねじり鉢巻きに尻《しり》っぱしょり、なかなか渋い声で唄い、踊り出した。

こんこんのう　こんのれす

こぉーんは　こんのれす

こんしょならえ　さあいこん

釘次郎の唄と踊りに合わせて、ぽん太は三味線を弾いた。

習ったことはないけれど、そこは狸の芸。いかにもそれっぽく聞こえるようにしてしまう。

鉄蔵もまた、口でもって、調子のいい太鼓の音を響かせる。

「おれだけじゃいけねえ。鉄蔵兄いもやってくれ」

釘次郎が踊りながら誘った。

「よし。ぽん太ちゃん。猫が犬の真似《まね》をしながら、かんかんのうを踊るってのはどうだい？」

「面白そう」

「へへっ。じゃあ、いくよ。にゃわん、にゃわん」

と、喉の調子を整える。

「あ、猫が犬になろうとしてるんですね」

「うん。にゃわん、にゃわん」

にゃあわんのう　にゃあわんす
にゃあは　にゃあわんす
さんしょならえ　にゃあわん

かんかんのうは、江戸で大流行した唄と踊りだが、元唄は清国《しんこく》から伝わったらしい。長崎で唄われていたものが次第に江戸にまで入ってきたが、口伝えされるうち、すでに元の言葉は変形し、意味のわからぬものになっていた。

とにかく調子のいい節回しで、酔っ払って唄いはじめると止まらなくなってしまう。

「楽しいねえ」

鉄蔵が言った。

「楽しいです」

「楽しいと、気持ちが正直になるな」

「あら、なんか嘘ついてたんですか?」

「うん。じつは、おれたち、食い逃げしようと思っていたんだよ」

「まあ」

「でも、ぽん太ちゃんと遊んだら、そんな悪いことはしにくくなっちゃったよ」

「そうですよ。そんなことしたら、いけませんよ」

「だから、これは本物のお金だから、酔っ払って逃げたりしないうちに預けておくよ」

と、小判一枚をぽん太に預けた。

「はい、じゃあ、確かに」

「あれ、鉄蔵さん。お尻のあたりからなんだか黄色くて、ふさふさしているのが出てますよ」

ぽん太が踊っている二人の尻のあたりを指差した。

「え？　おっと、鉄蔵兄い、まずいよ」

「なんだよ、釘次郎、おめえだって」

互いに尻尾《しっぽ》を指し示した。

なんと、二人は狐だったではないか。

「あらあら、二人の正体がわかっちゃった」

ぽん太は踊りながら楽しそうに言った。

「あれ？　ぽん太。おめえだって茶色くて、ふさふさしているものが出てるぜ」

「あ、まずい」

「もしかして、おめえ、狸か？」

「うふふ」

「なんだよ。狐が人をだまそうとやって来て、狸と遊んでいちゃしょうがねえな」

「あーん。しくじっちゃったわ。ま、いいか」

「そうそう、かまわねえよ」

「こんなに楽しいんですものね」

「そうそう。楽しい嘘はいいね」

三人、いや、三匹の唄と踊りは、ますますいい調子になっていった。

「お前さん。ずいぶんいい調子でやってるね」

茂作の女房が奥の間の騒ぎに耳を澄まして言った。

「ああ、あの狸もたいしたもんだよな。初めてのお座敷であれだけ盛り上げられるんだ。狸ならではだな。あれはこの先もたいした売れっ子になるぞ。どれ、ちょっとのぞいてくるか」

そっと襖を開けてのぞくと、中で踊っているのは狸が一匹と狐が二匹。

「あ、こいつら、狐だった」

がらりと襖を開け、こぶしを振り上げて、

「てめえら、とんでもねえやつらだ。おっかあ、棒を持って来い、棒を。袋叩《ふくろだた》きにしてやるぞ」

凄い剣幕で怒る茂作の前に、ぽん太が飛び出した。

「待って、おじさん」

「なんだ、この狸。おめえもいっしょになって、あたしをだまそうとしたのか？」

「違いますよ、おじさん」

「なにが違う？」

「この狐さんたちは、だまそうってわけじゃありません。ほら、ちゃんと本物のお代もいただいてますから」

ぽん太が渡した小判を、茂作は叩いたり、噛《か》んだりして確かめた。まさしく本物の小判である。

「ほんとだ。本物の小判だ。これは、これは、ようこそいらっしゃいました」

急に態度を改めた。

「ちゃんとお金を払ったんだから、大好きなあぶらげを出しておくれよ」

「そうそう。あぶらげはあまり手を加えなくてもいいよ。軽く炙《あぶ》って、しょうゆをかけてくれたらいいから」

「あぶらげ？　あれ、あぶらげはもう出ましたでしょ？」

茂作が訊くと、鉄蔵と釘次郎は声をそろえて、

「まだ、来ぉーん」

第十席　箱舟寿司

一

「ちょっと待って、お客さん」

のれんを分けて中に入ろうとした銀次郎《ぎんじろう》を、店のあるじが止めた。

「なんだい？」

「ほんとに入るんですか？」

あるじは心配そうな顔で訊《き》いた。

「え、入っちゃ悪いの？」

「いや、入ってもいいですよ。入れば、あなたは救われます」

「救われるならいいじゃねえか」

と、銀次郎は敷居をまたぎ、中に入った。別に落とし穴もないみたいである。

そう広くはないが、こぎれいないい店である。銀次郎は、調理場の見えるところに置かれた縁台に座った。

「どうも。改めて、いらっしゃいまし」

あるじは彫りの深い、愁《うれ》いのある顔立ちをしている。異人のようでもある。銀次郎は、思わず自分ののっぺりした顔が恥ずかしくなった。

「旦那は、近所の方ですかい？」

「いや、違うんだ。おれは寿司が大好物でな。どこどこにうまい寿司屋があるという話を聞くと、足を運ばずにいられねえのさ」

今日も本当は用事があったのである。

日本橋の魚河岸《うおがし》で仲卸《なかおろし》の仕事をしていて、注文の品が届かなかった客が文句を言いに来ていたのを、そっと抜け出してきたのだ。いまごろは、女房がかわりにしこたま怒られているに違いない。

「それで、ここも誰かに聞いたんですか？」

　あるじはちょっと不安そうに訊いた。

「ああ、築地《つきじ》に〈ろーか寿司〉とかいう、変わった名前の寿司屋があるってな」

「それはうちですね。正しくは、〈しぇい・ろーか寿司〉っていうんですがね」

　しぇい・ろーかというところだけ、はっきりしない妙な発音で言った。

「しぇい・ろーか？　どういう意味だい？」

「いや、意味はあっしもよくわからねえんです」

「自分の店の名前だろ？　意味わかんねえでつけたのかい？」

「いや、なんでもすごくおめでたい名前だって聞いたんでね。しぇいは、聖っていう字で、ろーかはあっちの人の名前だそうです」

「ふうん。要は、寿限無《じゅげむ》みたいなものか」

「そうですね。その人、うちの寿司がうまいって言ってました？」

「言ってたよ」

「はあ、そうですか？」

　あるじは首をかしげた。

「なんだよ」

「いや、ときどき怒るお客さんもいるんでね。奉行所に訴えるとか言っていくやつもいるし、のれんを焼いていこうとするやつもいました」

「そんなに……」

「だいたい生真面目《きまじめ》な性格の人は、うちの寿司は駄目ですね。明日は正月だと思っていたのが、いきなりお盆が来たみたいな気持ちになるみたいです」

「なるほどな」

「旦那も怒ったっていいですが、ちゃんと金は払ってくださいよ」

「払うよ」

「あっしに投げつけた分もいただきますよ」

いったいなにが出てくるのか、銀次郎も不安になってきた。

だが、ここを教えてくれた人──滅法色っぽい人形町の芸者──は、嘘《うそ》ではなく、「おいしかった」と言っていたのである。まさか、この銀次郎をからかったのだろうか。「あら、銀次郎さん。あたし、おいしかったなんて言った？　惜しかったたって言ったのよ。払ったお金が」なんて言うんじゃないだろうな……。

「帰ろうかな」

「あ、ちょっと脅《おど》かしすぎましたかね。だったら、一つ二つ食べて、気に入らなかったら帰ればいいじゃないですか？」

「そう言ってもらうと安心するぜ。そういえば、ちょっと変わった寿司だとは言ってたっけ」

「そうですね。お客さんは一口食べると、だいたい微妙な顔をしますね」

「じゃあ、さっそくその微妙な寿司をいただこうじゃねえか」

「なにからいきます？」

「そりゃあ、寿司といえば、まぐろだろうな」

「がってんです」

あるじは、ふつうの寿司屋とはまったく違う手の動きをした。

「あれ？　いま、寿司飯を握った？」

「いや、握りませんよ。はい、どうぞ」

銀次郎の前にある樽《たる》の上に、皿に載せた寿司を置いた。

「はいよ」

と、銀次郎がその寿司を摑《つか》んだ途端、

「うわっ」

思わず手を離したから、まぐろの寿司は土間にべたっ。

「あーあ、落っことしちゃった。いま、落とした分も勘定に入れますよ」

「かまわねえよ、そんなことは。それより、な、なんだよ、いまの感触は？」

「まぐろの寿司ですけど」

「うそだろ。摑んだら、むにゅっとしたぜ。虫じゃねえよな？」

「む、虫？」

「いも虫みてえなやつ？」

「失敬な。虫なんか食わせる寿司屋がどこにあるんですか？　下は飯じゃないんです。それは、パンというものでね」

「パン？」

「南蛮人《なんばんじん》が米の代わりに食うものでしてね。うまいものですよ」

「ああ、聞いたことはあるよ。そうか、パンだったのか。じゃあ、次は落ち着いて摑むから、同じものを握って……いや、握らねえのか。出してくんな」

「は、お待ち」

「これが、パンか……白くてふわふわしてるんだね。ぱっと見には、まさに寿司だね。摑むまでほとんどわからねえよ、これは」

「下にしょう油はつけないほうがいいです。さぁーっと吸い込みますから。寿司一個で、しょう油一皿なんか、軽く吸い取ります。そうすると、しょっぱいのなんのって。塩分取りすぎ。血の気の多い人なら、三日以内に中風」

「危ねえな、おい。まぐろのほうにつければいいんだな」

ちょっとだけつけて、口に入れた。

ゆっくり嚙《か》んでみる。なにせ初めての食感である。

寿司馬鹿と言われる銀次郎だが、こんな寿司を食ったのは初めてである。

「酸っぱいのは、まぐろのほうなんだな」

「ええ、まぐろを酢でしめてますのでね」

「合うもんだね」

「意外でしょ」

まぐろとパンのあいだには、千切りにしたネギも挟《はさ》んである。

「わさびじゃねえんだ」

「辛《から》しです」

「うまいよ。驚いたねえ」

お世辞ではない。銀次郎は、初めての味を堪能《たんのう》した。

「白身はあるかい？」

「ええ。金目ですが、いいのがあります」

「じゃあ、それだ」

これも、さっきの寿司とつくり方はいっしょである。

飯のところがパン。見た目はまさに寿司。だが、摑んだ指先の感じから、歯ごたえも味もまったく違う。

金目は昆布でしめてある。パンとのあいだには、ネギではなく紫蘇《しそ》の実がぱらぱらと振ってある。これも微妙な味わいである。

「うまいね。こんな寿司、どこで修業したんだい？」

「ええ。長崎で」

「長崎！　長崎の人かい？」

「おやじはね。あっしは江戸で育ち、長崎に行ったんです。ただ、最初は医学の修業に行ったんですよ」

「それが江戸にもどってみたら寿司屋かい？」

「これは聞くも笑い、語るも笑いのくだらねえ話でしてね」

「そりゃあ、ぜひ聞かせてくれよ」

銀次郎は身を乗り出した。

二

「長崎ってのは遠いところにありましてね」

「そうらしいな」

「しかも、あっしは途中で道を間違え、越後《えちご》のほうに行ったもんだから、ずいぶん時間も食ってしまいました。江戸を出たときは十八でしたが、長崎についたときは二十五になってましたから」

「そりゃあ、迷い過ぎだよ」

「おやじに紹介されて、シーボルトって先生を訪ねたんですよ」

「シーボルト！　名医だよな」

「名医なんてもんじゃないですよ。シーボルト先生に診てもらえるなら、病気になりたいって人までいるんですから」

「それじゃ本末転倒だな」

「ところが、あっしが行ったときには、シーボルト先生はもう国に帰ってしまっていました。七年も道に迷っていたのがいけなかったんですね」

「そりゃあ、そうだな」

「結局、あっしが教わることになったのは、シーボルト先生の弟子の弟子で、シーボンタという先生」

「なんだかうさん臭《くさ》い感じがするぜ」

「たしかに、うさん臭かったです。あとで知ったのですが、弟子の弟子ではなく、患者の弟というだけでした」

「なんだよ」

「ただ、いちおう医者ではあったんです」

「それで、しっかり学んだんだろ？」

「ええ。あっしがシーボンタ先生からまず教わったのは、風邪《かぜ》の治し方」

「いきなり風邪の治し方かい？」

「だって、風邪がいちばん多い病ですから」

「そりゃそうだ」

「風邪のときは、冷たい水風呂がいいんです」

「水風呂？」

「ゆっくりひたして、熱を取りましてね。冷たくなったところで、気つけに熱いろうそくを垂《た》らすんです。患者は、あまりの熱さに飛び上がります。この刺激で、たいがいの風邪は抜けていきますね」

「そりゃ、風邪の治し方じゃねえよ、狐憑《きつねつ》きの治し方だよ」

「ただ、この治療法が合わない患者もいるんです」

「そりゃいるよ」

「十人中八人は亡くなります」

「駄目だよ、それは」

あるじは話をしながら、ちょうどいい間で寿司をつくってくれる。

こはだに、さばに、たこと、どれもうまい。

お茶のかわりに、とろりとした白っぽい飲みものが出され、これもかすかな塩味でパンの寿司によく合っていた。

「次に教えられたのは、水虫の治し方」

「風邪の次は水虫かよ」

「これは、風邪と逆でして、温めるんです」

「ほう。どうやって温めるんだい？」

「沸騰《ふっとう》した湯に足を浸《つ》けるんですが」

「温めるんじゃねえよ、それは」

「水虫は見事に治りますね」

「水虫は治っても、火傷《やけど》がひどいだろうよ」

「でも、シーボンタ先生は、それは考えるなと。まず、目の前の敵をやっつけることだ。戦《いくさ》だってなんだって、目の前の敵に破れたら終わりだろうと」

「うーん、一理あるような、ないような」

「ただ、水虫は治りますが、三月《みつき》ほど歩けなくなります」

「弱ったな、それは」

「あっしも、だんだん自分のしていることがわからなくなりました。人を救うために、七年もかけて長崎に来たのに、いったいなにをやっているのだと」

あるじはそう言いながら、天をかきむしるようなしぐさをした。

「そりゃあ悩むわな」

「医学の道は捨てました」

「そのほうが、世の中のためだったかもな」

「ただ、医学の道は諦《あきら》めましたが、長崎という土地柄は妙にしっくりきましてね」

「へえ」

「町で会う異人たちにも可愛がられました。あっしは、名前が富吉《とみきち》ってんですが、トミー、トミーと呼ばれましてね」

「トミー。じゃあ、おれもトミーと呼ばせてもらうよ」

「ええ、どうぞ。あっしもそう呼ばれるほうが、なんかしっくりしますので。それでね、あっしはどうも、顔立ちが向こうの連中に近いらしいんですよ」

「そうだよ。もしかしたらトミーも入ってんじゃないの、向こうの血が？」

「入ってませんよ、そんなもの。でも、あっしのおやじは髪の毛、赤いんですよね」

「髪の毛が赤い？」

「目も青いですしね。近くで見ると、気味悪いですよ」

「そりゃ、日本人じゃねえよ、あんたのおやじ」

「でも、名前は丈次《じょうじ》ですよ」

「丈次。ああ、たしかに名前は日本人だな」

「それで、異人たちと飯を食ったり、酒を飲んだりするうちに、この南蛮ふうの寿司というのをやってみたいと思ったわけです」

「じゃあ、修業というより、トミーが考案したんじゃねえか」

「ま、そういうことになりますか」

あるじはうなずき、くいっと胸を張るようにした。

三

「ところで、旦那は悩みってあります？」

トミーが訊いた。

「そりゃあ、あるよ」

「よかったら、聞きましょうか？」

「おれの悩みかい？」

「ええ」

「男の悩みといったら、やっぱり家のことだよ」

「そうですよね。男は皆、家に悩みを抱えてますよ。女房が浮気した？」

「違うよ。昨日、床下に白アリがいるのを見つけたんだよ。あれがいると、家の土台がやられるんだよな」

「そういう家の悩みでしたか」

「あとは仕事のことだな」

「仕事の悩みもつきませんよね。景気が落ち込みましたか？」

「景気はそう悪くないんだが、奉公人がいつかなくてな」

「やめちゃうんですか？」

「毎日、三食、寿司食わせて、贅沢《ぜいたく》させてるのにだぜ」

「寿司の三食はきついですよ。塩分多いし」

「きつくねえよ。おれなんか、毎日、五食、寿司食ったっていいくらいだ」

「そりゃあ、あっしも逃げますって」

「まったく、悩みだらけだよ」

「寿司が好きな人って、たいがい悩みも多いんですよね」

「なんでだろうな」

「たぶん、寿司のかたちが悩みの多い人の共感を誘うんですよ」

「寿司のかたちが？」

「ええ。上にいろんなものをのせるじゃないですか。うちの場合はパンですが、飯が人生だとすると、それに覆いかぶさるように、いろんなものがのるでしょ。まぐろだの、たまご焼きだの、こんにゃくだの」

「こんにゃくは、のせねえだろう」

「とにかく、上に重く覆いかぶさっているというこの在り方、この生きざまが、まるで自分を見ているような気になるんじゃないでしょうか」

「寿司を見て、自分を見ているようなねえ」

「じゃあ、悩んでいるとき、次の三つのうち、どれが食べたいですか？　一番、寿司。二番、豚の丸焼き。三番、どじょうの躍り食い」

「寿司」

「ほらね」

「どじょうの躍り食いなんか、楽しいときでも食いたくねえよ」

「それで、あっしは心を明るくする寿司の出し方を思いつきました。それは、シャリとネタを逆にして出すのです。こうです」

そう言って、トミーはかつおの寿司を出した。

パンが上に、かつおが下になっていた。

「重荷を下に敷いたのです」

「ははあ」

「波乗り気分」

「これは、かつおとかまぐろのときはいいけど、筋子とか、うにのときは駄目だよな」

「じゃあ、旦那、頼んでみてください」

「筋子と、うに」

すると、出てきたものは、上と下に薄いパンがあり、あいだに筋子とうにが挟まっていた。

「重荷を挟みうちにしてみました」

「挟みうちか」

感心しながら食べる。これもけっこういける。

「さっき話したように、あっしも医学の道では悩み、南蛮ふうの寿司の道に開眼《かいげん》もしました。ところが、あっしの心に忍び込んでいたのは、じつは南蛮ふうの飯だけではなかったのです」

「飯だけじゃないというと？」

「そう、あっしはなんと、キリシタンの神を拝み始めていたのです」

そう言って、トミーは胸の前で十字をなぞるようにした。

「キリシタンだって！」

「はい。じつは、この店はキリシタンの店なんです」

「ご禁制じゃねえかよ」

「だから、最初に訊いたじゃないですか。ほんとに入るのかって？」

「あんな訊き方じゃわからねえよ」

「でも、もう、駄目ですよ。うちの寿司を一度食べたら、旦那もキリシタンになったのといっしょ」

「なんで食べただけでキリシタンなんだよ？」

「じつは、いままで出したネタにはすべて十字が入ってたんですよ」

「ええっ」

「ちょっとしょう油をかけてみるとわかります」

言われて、出されたばかりのはまちの寿司にしょう油を垂らしてみた。

「ほんとだ」

「これで旦那も、もう身体《からだ》の中までキリシタン」

「おれが、キリシタンかよ」

銀次郎は嬉《うれ》しそうな顔をした。禁断の実を齧《かじ》るときのような、ちょっと疚《やま》しくて、
だが、嬉しさが湧《わ》き出てきたときの顔。

「どことなく、キリシタンぽいですよ」

「あ、そう？　そういえば、昔から言われていたんだよ。銀ちゃんは、人並み外れたところがある、人並みじゃないって」

「それはまたちょっと違う気がしますけどね」

「キリシタンといったら、デイデイ、ハライソってやつだろ？」

「デイデイ、ハライソ？」

「ほら、妖術の呪文だよ。芝居の天竺徳兵衛《てんじくとくべえ》がガマの上でやるんだよ。デイデイ、ハライソ。おれもやってみたいよ」

銀次郎は印を結ぶような恰好《かっこう》をし、見得《みえ》を切ってみせた。

「そりゃあ、芝居の話でしょ。あっしは妖術なんかできませんよ」

「あ、できないの？」

銀次郎はがっかりした。

「キリシタンは真面目なんです」

トミーは諭すように言った。

四

「それにしても、旦那は人間が大きいですね」

「そうかい？」

「あっしがじつはキリシタンだと告白すると、怒ったり、泣いたりする人がほとんどですよ」

「そうなの？　おれは、寿司屋のあるじがなんの神さまを拝んでるかなんてまったく気にしないよ。寿司さえうまければ」

「え、寿司が神さまの上にあるんですか？」

「ずうっと上」

「ありゃあ、まずい人を勧誘しちゃったかな」

「なんか言った？」

「いえ、別に」

「でも、店を見回してもふつうの寿司屋だよな」

銀次郎は、じろじろ見ながら言った。

「そうですか？」

「言われなかったら、キリシタンだなんてわからねえよ。まさか、寿司屋がキリシタンだとは思わないもの」

「寿司屋のキリシタンは少ないかもしれませんね。畳屋と布団屋には多いって聞きますけどね」

「ほんとかよ」

「それはただの噂かもしれません」

「そうか。おれもキリシタンになったからには、なんかしなくちゃな」

「積極的ですね」

「仏像踏む？」

「え？」

「ほら、キリシタンかどうか見破るときに、踏み絵とかやらされるんだろ。その仕返しに仏像踏む？」

「罰当たりますよ、そういうことすると」

「あれ、キリシタンでも罰当たるの？」

「いえ、無理やりほかの神さまを貶《おとし》めるようなことはしないほうがいいですよ」

「でも、もともと、おれ、仏の道は遠いなあって思ってたんだよ」

「そうなんですか？」

「だって、毎日、魚の死体を扱ってるぜ。木箱が毎日二百箱。一箱に二十匹入っているとして、四千匹の魚の死体」

「数は言わなくていいですよ」

「しかも、魚ばくばく食ってるだろ。殺生《せっしょう》漬けの毎日で、仏拝んでますとは言いにくいだろ？」

「坊主じゃないんですから、しょうがないでしょう」

「でも、せっかくキリシタンになったんだから、この店を出ていくときも、違う自分になって出て行きたいよな」

「そんなに焦《あせ》らずに」

　トミーがそう言ったとき、閉めてあった戸ががたがたと鳴った。

「おい、手入れじゃねえよな。おれ、キリシタンになったばかりで、まだ覚悟はできてないからな。ここには、寿司を食いに来ただけってことにしてくれよ」

「ひどいなあ。さっき、仏像踏むとか言ってたくせに」

トミーは呆《あき》れた顔をして、表の戸を開けた。

誰かとなにか話している気配がする。

「ちょっと待ってなよ、いま、訊いてみるからな」

トミーはそう言って、

「旦那、申し訳ないんですが、生きものもごいっしょしていいですか？」

と、銀次郎に訊いた。

「生きものってなに？」

「今日は猿くんがいらっしゃってます」

「猿？　猿なんかどっから来るんだよ？」

「わざわざ秩父《ちちぶ》の山奥から、うちの寿司を食いに来てくれるんですよ」

「別にかまわないが、驚いたねえ」

おずおずといった身ぶりで、猿が入ってきた。

背丈は二尺くらいで、どこから見ても猿である。

「うきっ」

そう言って、頭を下げた。挨拶《あいさつ》してくれたらしい。

「あ、どうも」

銀次郎も頭を下げた。

猿は、銀次郎の隣の縁台にきちんと腰をかけた。

「じゃあ、猿くん、いつものように、はまぐりから入るよ」

「うきっ」

パンの上にのったはまぐりの寿司が出た。

猿は食べる前に、両手を組み、頭《こうべ》を垂れて、

「うきききき」

と、言った。

「なにしてるんだい？」

「祈ってるんですよ」

「猿が食べる前に祈るの？」

銀次郎は感心して言った。

「祈りますよ。皆さん、ちゃんとお祈りしてから召し上がります。旦那はいきなり手づかみでしたが」

「おい、人を野蛮人みたいに言うなよ」

「猿くん、あとはおまかせでいいかい？」

「うきっ」

猿はうなずき、出される皿をおいしそうに食べている。

「ほかの生きものも来たりするのかい？」

「来ますよ。ここんとこ、増えましたね。そうそう、先一昨日《さきおととい》の晩は、海亀さんがいらっしゃってましたね」

「海亀なんか、わざわざ陸の上に来なくても、海の中で魚食ってればいいだろうが」

「そこはおそらく信仰を同じくする者としてね」

「亀もキリシタンかい？」

「キリシタンというか、なんというか。ここは、すぐ先が江戸湾で、前の川からつづいてますでしょ」

「ああ」

「この家自体が、じつは舟になってるんですよ」

「そうなの」

「なんかあったら、生きものもいっしょに海に逃げようと思いましてね」

「なんかって、なんだよ」

「いや、世間を惑わす浮説だとか言われるのもなんですから」

猿が食べ終え、銀次郎もいっしょに帰ることにした。

「じゃあな、猿くん」

「うきっ」

銀次郎が猿の分も払ってやったので、丁寧なお辞儀をした。

銀次郎は振り返って、いまの寿司屋を見た。なるほどよく見れば、家全体が箱型の舟のかたちをしていて、このまま海に出て行けるみたいだった。

×　　×　　×

それから半月後――。
銀次郎がこの寿司屋の前を通りかかると、寿司屋は消えてなくなっていた。

近所の者に訊いたところ、やたらと生きものが集まっていた夜があり、翌朝にはこの家が消えていたのだという。なんでも、

「早めに逃げることにしました」

トミーはそう言い残して行ったということである。

この作品は徳間文庫オリジナル版です。

徳間文庫

大江戸落語百景
たぬき芸者《げいしゃ》

2018年11月15日 初刷

著者 風《かぜ》野《の》真《ま》知《ち》雄《お》
発行者 平野健一
発行所 株式会社徳間書店
東京都品川区上大崎三―一―一
目黒セントラルスクエア
〒141―8202
電話 編集〇三(五四〇三)四三四九
販売〇四八(四五一)五九六〇
振替 〇〇一四〇―〇―四四三九二
印刷
製本 大日本印刷株式会社

ISBN978-4-19-894407-0 (乱丁、落丁本はお取りかえいたします)